Magnifique

Du même auteur

Seuls nos sourires, roman, L'Inventaire, 2018

Dieu regardait ailleurs, roman, Plon, 2013

Votre fils, roman, Plon, 2004

Entre deux cils, roman, Plon, 2002, Pocket, 2004

www.jeanfelix.co

Jean-Félix de La Ville Baugé

Magnifique

ROMAN

Éditions SW Télémaque

© 2023, Éditions SW Télémaque
92 avenue de France, 75013 Paris
www.editionstelemaque.com
ISBN : 978-2-7533-0470-3
Agent littéraire Isabelle Martin-Bouisset

Grâce à Marie.

Pour Balthazar, Lumir, Lyor, Méroé.

À ma mère et en souvenir de mon père.

À Virginie et en souvenir de François.

En hommage à Thierry Simon.

Quand le médecin m'a expliqué qu'il allait me retirer une tumeur sur le nerf auditif, les souvenirs sont revenus d'un coup. J'ai pris mes affaires, je l'ai salué, je crois, j'espère.

Je me suis retrouvée sur l'avenue de Lausanne, j'ai marché jusqu'au lac. Dès que je ralentissais, les souvenirs se rapprochaient comme des boules de neige ou de tissu très lourdes qui allaient m'écraser. Devant le port de plaisance, j'ai senti qu'ils allaient me jeter dans l'eau, me noyer entre les voiliers.

La petite voix réapparut à cet instant. Comme vingt-huit ans auparavant, elle me dit : « Marche. »

J'ai accéléré le pas. Je ne cessais de me répéter : « Je raconte tout à Jérôme en arrivant à la maison... »

Je m'arrêtai sur un sentier de sable alors qu'il faisait nuit. J'avais dû marcher des heures. Je rebroussai chemin. Je retrouvai l'avenue du Lac, le pont, la maison.

Tu étais dans le salon. Je t'ai raconté le médecin, la tumeur, l'opération, les risques. J'ai ouvert la bouche pour te dire ce que je te cache depuis vingt-huit ans, mais j'ai senti ma peau glisser au bas de mes joues.

Tu as très bien vu. Tu es resté silencieux. Ton sourcil gauche s'est levé très haut. Ta bouche s'est abaissée sur la droite. Ton sourire en diagonale. Depuis le premier jour, ton sourire tient les souvenirs en respect.

Tu m'as raconté l'histoire de cet ambassadeur de France alcoolique qui se prenait pour le roi de Zambie mais je ne sais même pas où est la Zambie ! Et comme depuis vingt-huit ans, j'ai pensé à autre chose. J'ai même bien dormi cette nuit-là.

Le lendemain matin, les souvenirs revenaient. Tu l'as très bien vu. Tu m'as lancé :

MAGNIFIQUE

— Je pourrais prendre ma matinée et on va se promener ?
— Non, j'ai des trucs là, Jérôme...
— Ah très bien, à ce soir alors, mon amour.

Je ne t'ai pas répondu. Les souvenirs insistaient. Tu as fait une nouvelle tentative :

— Sinon, on pourrait aller retourner les plates-bandes du potager ?
— Non, Jérôme, je te promets, ça va.
— Ok, à ce soir, mademoiselle.
— Oui, oui.

Je devais être seule. C'est là qu'est apparue l'idée : si je ne parvenais pas à te le dire, il fallait te l'écrire.

Je me suis installée devant le bureau de ta mère mais, avant de commencer, j'ai appelé Jean. Il gardera ce texte dans le coffre de son étude et ne te le remettra que si l'opération se passe mal.

Depuis, chaque matin, je m'y mets. J'ai même un petit cérémonial. Je m'assois devant le bureau. Je taille un, deux, trois crayons. Je regarde la vue... J'ai besoin de cette vue pour commencer.

Le plus souvent, il y a ce brouillard sur le lac, surtout ces derniers jours, il fait comme un cocon autour de la maison. Autour de moi. Comme la terre sur mes paupières.

Je regarde le garage. J'aime ce garage. C'est drôle, dans cette maison, les gens admirent les colonnes ou la terrasse en bois, moi c'est ce vieux garage en pierre qui s'enfonce dans le gazon. Je regarde ses murs épais, sa grande porte... et les souvenirs reviennent.

Mon père avait tout le temps peur pour moi. Chaque matin, il me répétait : « Ne traîne pas en allant à l'école, ne parle à personne. Si on t'adresse la parole, réponds toujours poliment. Si on te traite de sale Tutsie ou de cancrelat, ne réponds rien. Dès que la classe est finie, rentre, rentre vite. »

Il m'avait expliqué que, depuis 1990, la guerre entre le Front Patriotique Rwandais tutsi emmené par Kagame et l'armée rwandaise aux mains des Hutus faisait rage. Le FPR contrôlait la moitié du pays et occupait des positions à quatre-vingts kilomètres de Kigali. La tension ne cessait de monter.

Il insistait à chaque fois : « Nous n'avons rien à voir avec ce FPR... On entend de plus en plus que les Tutsis vont rétablir la monarchie, asservir de nouveau les Hutus… ça ne nous apportera rien de bon… »

Ma mère n'avait pas l'air de réaliser. Elle s'était découvert une nouvelle passion : le tricot. Elle tricotait des pulls, des jupes, des napperons, dont nous n'avions nul besoin. Quand la laine se mit à manquer, elle continua à tricoter. Elle restait le plus souvent dans la maison, entrechoquant ses aiguilles sans fil.

Quand Papa emmenait ses vaches pâturer, il ne voulait pas me laisser avec maman à la maison : « Encore ta mère, je ne crois pas qu'ils lui fassent grand-chose, mais toi… » Dès qu'il partait, j'allais vivre chez sa sœur, Honorine. J'en étais très heureuse, je n'aimais pas me retrouver seule avec ma mère et le *clic clic* de ses aiguilles.

Les Hutus cachaient de moins en moins leurs sentiments. Le professeur de physique, quand l'un des élèves tutsis osait poser une question, se tournait vers lui d'un air de dire : « Mais tu es encore là ?... » Il ne lui répondait jamais.

À la sortie des cours, des élèves hutus nous lançaient en riant : « Bientôt vous ne serez plus là ! Ha, ha, ha ! Bientôt ! Bientôt ! »

Dans les mois qui précédèrent le génocide, mon père se mit à écouter la Radio Mille Collines des extrémistes hutus et à lire leur journal : *Kangura*.

Ils serinaient les mêmes choses : « Les Hutus sont le peuple originel du Rwanda... Les Tutsis sont arrivés bien plus tard de leur vallée du Nil... Ils ont colonisé les Hutus pour en faire leurs esclaves... Les Tutsis n'ont jamais digéré que les Hutus prennent le pouvoir de la nouvelle République il y a trente ans, ils tentent de le récupérer par tous les moyens... Ils ont échoué jusqu'à maintenant mais aujourd'hui le FPR a conquis la moitié du pays... Les Tutsis arrivent... S'ils triomphent, ils voleront de nouveau la terre des Hutus, ils les réduiront en esclavage, c'est dans leur nature, c'est un peuple d'aristocrates, ils ont asservi les Hutus pendant quatre siècles – certains chroniqueurs allaient jusqu'à huit –, ils veulent les asservir de nouveau, ils méprisent les Hutus. La preuve : quand les vaches des Tutsis viennent paître sur des parcelles hutues, ils ne s'excusent pas, ils se taisent de toute leur hauteur... ils complotent... ils approchent...

Tout Tutsi est complice du FPR... Tout Hutu qui pactise avec les Tutsis est complice du FPR... Les ennemis sont partout... Si nous ne sommes pas vigilants, si nous ne les combattons pas, ils triompheront de nous, nous perdrons nos terres, et le pouvoir des rois tutsis reviendra... »

Nous ignorions que certains, dans les partis politiques, les universités, les ministères, au palais présidentiel, doutant d'une victoire sur le FPR, avaient trouvé le moyen de régler le problème une fois pour toutes : supprimer tous les Tutsis.

Ça, nous ne l'avions pas imaginé et je pense que les Hutus, dans leur immense majorité, ne l'avaient pas imaginé non plus. Je ne les dédouane pas.

MAGNIFIQUE

Ils ont coupé tous les jours, pendant cent jours, des hommes, des femmes, des enfants que, le plus souvent, ils connaissaient, mais je ne pense pas qu'ils aient su avant le déclenchement.

Le 5 avril 1994, un animateur de Radio Mille Collines annonça à l'antenne qu'il allait y avoir « une petite surprise... ». Il répéta avec un air enjoué : « une petite surprise... »

Je revois mon père, penché sur son transistor. Il se tourna vers ma mère mais c'est surtout à lui-même qu'il s'adressait et peut-être à moi : « Il faudrait partir mais où ? Au Burundi ? Abandonner la parcelle ? Nous la perdrons à jamais... Et les vaches ? Avec quoi vivrons-nous ? »

Puis il prit son bâton en se tournant vers moi : « Le fils de roi va promener ses vaches. »

Je me souviens son sourire à cet instant. Un très léger sourire où je lisais : « Tu vois, ma fille, dans ce journal, à la radio, ils ne cessent de répéter que nous sommes des fils de roi, que nous allons rétablir la monarchie. Tu l'as vu, ton père ? Tu l'as vu, son palais ? Sa maison qu'il a mis une vie à recouvrir de tôles... »

Mais on pouvait aussi y lire que peut-être, oui, il y a longtemps, l'un de ses ancêtres avait été roi. Oui, en prenant son bâton, avec une grâce que je n'ai jamais rencontrée depuis, en lançant le coin de sa couverture trouée sur son épaule, il jouait avec cette idée de fils de roi, et ce jeu fut mortel.

Il y a, je crois, chez nous – c'est dû à notre physique peut-être, à notre réserve –, un air de supériorité. Nous savons bien, au fond, que nous ne valons pas mieux que les Hutus, mais tout, dans notre attitude, dénote le contraire.

Quand mon père rencontrait Justin, l'un de nos voisins hutus, Justin lui lançait : « Bonjour, bonjour ! » en agitant les bras, et mon père inclinait très légèrement la tête. Comme on aurait salué un de ses sujets.

Nous aurions dû hurler : « Les descendants de la caste royale et de la caste dirigeante tutsies représentent aujourd'hui environ dix mille personnes. Les Tutsis sont un million au Rwanda. Ils n'ont rien à voir de près ou de loin ni avec la monarchie ni avec les classes dirigeantes tutsies, ce sont de pauvres éleveurs qui meurent tout autant de faim que les cultivateurs hutus. »

Nous aurions dû aller voir tous les Hutus, mon père aurait dû aller les voir pour leur crier : « Nous sommes comme vous, exactement comme vous, nous mourrons de faim comme vous, il n'y a aucune différence entre nous si ce n'est notre taille… »

Nous aurions même pu aller un peu plus loin : « Ces gens à Kigali prétendent défendre les Hutus contre les Tutsis, mais la seule chose qu'ils défendent, c'est leur argent. Si le pays va si mal, c'est que le pouvoir hutu accapare les richesses. Unissons-nous, Tutsis et Hutus, pour nous débarrasser de cette clique. »

JEAN-FÉLIX DE LA VILLE BAUGÉ

Mais nous n'avons rien fait ou si, nous avons fait ce que nous savons faire à merveille, ce qui se marie si bien avec notre réserve, notre minceur, nos longs bras, nos longues jambes, nos longues mains, nos attaches fragiles. Nous nous sommes tus.

Le 6 avril 1994 au soir, on a entendu à la radio que l'avion du Président était tombé. Mon père a levé les yeux sur moi : « Tout peut arriver maintenant... le meilleur comme le pire... »

En allant au lycée le lendemain matin, quelque chose avait changé. Il n'y avait presque personne dans la rue. Pour la première fois de l'année, le professeur de physique répondit à la question d'un élève tutsi. À la sortie, les élèves hutus ne nous insultèrent pas.

Tout le monde attendait, je crois. Comme si le pays retenait son souffle.

Je me souviens le soir à la maison. Ma mère tricotait sans laine sur sa chaise, j'entends le *clic clic* de ses aiguilles. Mon père, silencieux, serrait fort son bâton alors qu'il le laissait toujours à la porte.

J'ai très mal dormi cette nuit-là. Je n'ai pas été surprise le lendemain matin en entendant crier : « À l'église ! À l'église ! »
Mon père a soupiré. Il a posé son bâton contre le mur. C'était mauvais signe. Il aimait ce bâton. Il aimait le prendre avant de sortir. Il devait sentir que, cette fois, son bâton ne lui servirait à rien.
Il me regarda. Il semblait me confier : « Ah... c'est maintenant. » Il avait toujours été calme, je ne l'ai jamais entendu hausser le ton.
Ma mère voulait faire des sacs, emporter des habits, des provisions.
Papa était silencieux. Il attendit que Maman ait fini puis la prit par le bras : « Allons. »
Nous vîmes les Tutsis du voisinage prendre le chemin de l'église. Ils n'avaient pas l'air de

se presser. « Si nous sommes en danger, pourquoi ne pas courir ? »

Nous avons marché avec eux. C'était étrange, il n'y avait pas un Hutu dans la rue.

Mon père restait silencieux.

S'il fallait te décrire notre arrivée dans l'église – cette arrivée que je me suis efforcée d'oublier pendant vingt-huit ans : le silence.

Tous les Tutsis de Massongo étaient là. « Dans le fond à droite », ordonna mon père, il guidait ma mère. Elle fixait le plafond.

Alors qu'il aurait fallu hurler, saisir des pierres, casser les bancs pour en faire des massues, nous sommes allés nous mettre calmement dans le fond de l'église.

Nous attendions. On n'entendait aucun bruit. Certains chuchotaient devant nous : « Ils n'attaqueront pas les églises… », « Pendant les massacres précédents, ils ne sont jamais entrés dans les églises… », « L'évêque nous protégera… »,

« L'évêque est hutu, jamais il ne fera rien pour nous. Hier, il a reçu les chefs miliciens Interahamwe pendant deux heures... », « C'est la maison du Seigneur, Il nous protégera... »

J'avais du mal à imaginer que les Hutus que nous connaissions allaient nous massacrer. « Encore les Interahamwe de Kigali, on ne les connaît pas, mais les gens de Massongo, non. »

Ce qui m'inquiétait, c'était le silence de mon père. Il s'était mis derrière moi. Il me serrait dans ses bras.

Des camions se sont arrêtés devant l'église. Il y eut comme un silence puis on a entendu le curé : « Il faut bloquer les fenêtres et entrer par la porte principale. » Un groupe d'hommes a répondu : « Ok. »

La porte s'est ouverte. Le colonel de la gendarmerie est apparu. Il s'est mis devant l'autel et a ordonné calmement : « Un groupe à droite par ici, un groupe à gauche par là. »

MAGNIFIQUE

Les Hutus ont commencé à couper. Ils étaient concentrés, ils avançaient comme sur la parcelle de bananiers. Avec des mouvements sûrs, calmes, ils levaient leur machette, coupaient – au lieu d'herbes, de branches – des têtes, des bras, des jambes.

Les Tutsis étaient calmes aussi. Ils se taisaient. Ils tombaient. Ceux qui étaient blessés râlaient. Nous étions de plus en plus serrés dans le coin.

Ma mère fixait le plafond, elle ne regardait jamais devant elle. J'entends le *clic clic* de ses aiguilles qui parfois ralentissait, parfois reprenait de plus belle.

Mon père me serrait de plus en plus fort. Je sens ses bras autour de mon ventre en t'écrivant.

Je regardais les Hutus avancer. J'entendais les *chlak*, *chlak*, et la chute des corps sur le sol.

Pour une raison que j'ignore, je n'avais pas peur. J'entendais le *clic clic* de ma mère, les ordres lointains du colonel, je sentais les bras de mon père se resserrer.

JEAN-FÉLIX DE LA VILLE BAUGÉ

Je regardais les Hutus avancer quand un coup me tomba sur la tête.

Quand je me réveillai, je perçus comme un murmure dans l'église. Je mis quelques secondes à comprendre que c'étaient des râles.

J'avais du mal à bouger. J'ouvris les yeux. Mon père et ma mère allongés sur moi. Ils ne bougeaient pas. J'eus l'impression que mon ventre se répandait sur le sol.

Je refermai les yeux. Je me dis que je devais mourir moi aussi... Depuis des années, ma mère était devenue folle, mon père faisait tout pour nous, et moi... je me limais les ongles. J'avais noté lors des concours de Miss Massongo que les corps des concurrentes se valaient, c'étaient toutes des Tutsies : longues jambes, longs bras, long cou, longues mains. Mais j'avais fait une découverte qui pouvait m'assurer un titre de Dauphine et pourquoi pas de Miss : aucune fille ne faisait attention à ses ongles. Elles avaient toutes des doigts fins mais les ongles étaient le plus souvent négligés. En ayant les plus beaux ongles, je pouvais faire la différence. Je sentais le corps de mon père et ma mère sur moi. Je me rappelais mon père, quelques jours plus tôt, m'appelant pour que j'aille chercher de l'eau : « Magnifique... » Je n'avais pas répondu, bien sûr. J'étais occupée à retirer une peau sur mon index. Même avec ma pince à épiler *Manucure de Paris*, je n'arrivais pas à l'attraper. Je tentais de la coincer entre les deux pointes mais elle m'échappait... Mon père était allé lui-même au puits... J'allais attendre. Ils allaient revenir finir le travail.

C'est à cet instant que la petite voix apparut : « Sors. »

Je ne sais pas pourquoi, j'obéis. Je me dégageai des corps de mes parents. Je découvris que j'étais allongée sur des cadavres. Je ne les avais même pas sentis.

Je traversai l'église en essayant d'éviter les corps,

certains gémissaient, je ne les regardais pas, je m'en voulais de ne leur apporter aucune aide, c'étaient des gens de Massongo, je devais les connaître, heureusement il faisait nuit.

Dehors, il y avait encore un camion de l'armée sur la place mais personne devant la porte. Je longeai le mur et descendis vers les marais.

Je n'étais pas la seule à avoir eu cette idée. Je tombais sur l'un de nos voisins, Jean-de-Dieu, accompagné de sa femme, ses enfants et quelques Tutsis. Il tenait un cabaret à côté de notre parcelle. Mon père m'avait confié un jour : « Jean-de-Dieu est bavard », comme s'il s'agissait du pire défaut. C'est vrai qu'il se servait de son cabaret pour connaître les ragots et les répandre.

Personne ne sembla remarquer mon arrivée. Ils étaient pendus aux lèvres de Jean-de-Dieu. Hélas, la petite voix n'était pas assez forte ou je n'étais pas assez attentive pour entendre : « Éloigne-toi de ce bavard. »

Jean-de-Dieu poursuivait :

— Le préfet a fait un discours ce matin sur la grand-place. Il a affirmé que c'était « une occasion unique, une grande chance comme il n'y en aura qu'une dans l'histoire du peuple hutu. » Tout le monde devait participer au travail, des sanctions « pouvant aller jusqu'à la peine de mort capitale » seraient prises contre ceux qui refusaient. Il a répété qu'il n'y aurait « aucune exception » avec son ton de préfet...

Il fallait partir mais j'étais comme paralysée.

— Ensuite, il a pris son ton plus doux et il a expliqué que son travail à lui, c'était d'aider la population à bien faire le travail. Toutes les administrations nationales sont mobilisées. Au niveau local, chaque bourgmestre doit se coordonner avec l'armée, la gendarmerie, les milices pour aider la population à bien travailler. Les entreprises privées aideront, elles aussi. Les entrepôts Bizum fourniront des bouteilles de Primus gratuitement aux travailleurs, les autocars

Rayo assureront gracieusement leur transport.

Il a fini en précisant que « si le travail est bien fait cette fois, on n'aura plus jamais à le faire ».

Je pensai : « Il ne restera plus un seul d'entre nous... plus un seul Tutsi sur terre... »

Jean-de-Dieu poursuivit :

— Mais ce qu'il n'a pas révélé, le préfet, et que moi, Jean-de-Dieu Vanyabasanga, je sais, c'est que la veille, il est allé voir l'évêque et lui a demandé de faire courir le bruit chez les Tutsis de se réfugier dans l'église. « Le travail est plus facile dans un lieu clos qu'avec une troupe dispersée », il a même ajouté. Je le sais par ma sœur, elle est secrétaire à l'évêché, enfin... elle était... Elle avait beau savoir, elle est allée se réfugier dans l'église...

Jean-de-Dieu s'arrêta quelques instants avant de reprendre :

— À l'église, ils vont revenir, ils vont finir le travail. Il y en a encore beaucoup qui gémissent, ils ne veulent pas de blessés, le préfet l'a répété : « Il ne faut pas bâcler le travail, il faut que le travail soit bien fait pour que nous n'ayons plus jamais à le faire. » Ils vont revenir demain. La seule cachette que je vois, ce sont les papyrus.

Jean-de-Dieu s'enfonça dans le marais avec son groupe sans me proposer de les accompagner.

Je songeai à les suivre mais ne pus ni bouger ni parler. Ils s'éloignèrent.

Je me mis à trembler. Toute seule. Au milieu du marais. « C'est maintenant que je vais mourir. »

Autour de moi, du noir. Un sol noir que je sentais boueux sous mes pieds. Je m'étais enfuie de l'église pieds nus. « Mais que vais-je devenir sans chaussures ? Où vais-je dormir ? »

Était-ce moi ou cette petite voix qui ne croyait pas à cette histoire de papyrus... Elle réapparut pour me dire : « Retourne au village. » N'importe qui aurait pensé que c'était folie, ils venaient de nous massacrer, j'avais vu un camion militaire sur la place, ils étaient là, ils pouvaient faire des rondes.

Je pris le chemin de la maison. Je n'avais pas peur. Je m'approchai de notre parcelle. Il n'y avait personne. Nulle part. Même les vaches avaient disparu.

À la maison, je reçus un coup dans le ventre en découvrant la couverture de Papa sur le dossier de la chaise.

Je pensai à me cacher chez nous, mais les Hutus du voisinage me verraient, ils viendraient me couper ou iraient me dénoncer aux Interahamwe.

Je pris deux poignées de farine de sorgho dans la réserve, une dans chaque main, et les mâchai en retournant dans le marais. Ce n'était pas si mauvais, ça avait un peu le goût de colle !

Je m'arrêtai boire au puits. Je n'avais pas peur. « Je tiendrai jusqu'à demain. » Peut-être était-ce cette petite voix qui me soufflait de ne jamais penser au-delà du lendemain.

Je retournai au même endroit dans le bas du marais. Bientôt, il ferait jour. Ils avaient dit qu'il ne devait plus rester un seul Tutsi, ils allaient revenir nettoyer le marais. Mes pieds s'enfonçaient dans la boue. Je nous imaginais alors comme des plantes nauséabondes qu'il fallait enfoncer dans le sol pour que leur odeur n'indispose plus les Hutus. C'est ainsi que j'eus l'idée de m'enterrer.

MAGNIFIQUE

Je suivais le conseil de la petite voix : « Remonte. » Je découvris un endroit plus élevé, sous un arbre, où la terre était sèche.

C'était trop risqué d'aller chercher notre pioche et puis je n'avais nul endroit où la cacher. Je commençai à creuser avec mes mains. J'étais très calme. Je formai une tranchée de ma taille que je tapissai de feuilles et m'allongeai dessus. J'eus tout d'un coup très peur : comment allais-je m'enterrer une fois allongée ? Recouvrir mes jambes était facile mais à partir du buste ? Je ressortis de ma tranchée et mis un tas de terre à droite à gauche de mon ventre, je pouvais ainsi m'enterrer complètement avec mes mains.

En te décrivant tout cela, je réalise combien c'est extraordinaire qu'une fille qui ne savait rien faire de ses dix doigts, sauf les limer, ait pu s'en sortir.

M'apparut alors la dernière difficulté : comment respirer ? Le marais était plein de roseaux, mon père m'avait raconté une histoire où quelqu'un s'échappe dans une rivière en respirant sous l'eau.

Je mis la dernière motte de terre au-dessus de ma tête en y intercalant un roseau.

Je me rappelle cette première fois. Je m'étais mise à respirer par la bouche. « Ce n'est pas si terrible d'être allongée sous terre, très vite on s'y habitue. »

Je pensai à mon père, à ses bras qui me serraient dans l'église. J'étais triste qu'il ne sache pas que j'en avais réchappé. « Il est mort en croyant qu'on allait me tuer alors que je suis là, enterrée mais vivante ! » me dis-je en souriant. Je sentis la terre contre mes joues.

Si j'avais eu ce grand trou noir, c'est que j'avais dû être frappée à la tête. Depuis mon réveil sous le tas de cadavres, je n'y avais même pas pensé. Je voulus lever mon bras pour toucher ma blessure, j'avais oublié que j'étais enterrée !

Il faudrait le lendemain creuser une tranchée légèrement en pente, celle-là était trop plane, j'avais peur que mon sang remonte au cerveau. Je parvins à lever un peu la tête. Je m'endormis.

Quand je me réveillai, je respirai un air chaud, lourd, chargé d'odeurs, de pourriture même.

Si je sortais au moment où ils passaient, ils me couperaient. Je me vis noyée dans mon sang au fond de cette tranchée. Je me redressai d'un coup.

Je me retrouvai assise sous mon arbre. Je crus que c'était le matin, mais le soleil commençait à se coucher. J'avais dû dormir toute la journée.

Autour de moi, personne.

Je touchai ma tête. Je sentis une grosse entaille sur le côté droit. « Il faudrait que je la voie dans une glace ! » me dis-je en riant. Elle commençait à la tempe et finissait derrière l'oreille. Je ne comprenais pas d'où venait le coup. Il fallait être devant moi ou sur ma droite. Il n'y avait qu'une entrée, nous étions dans un coin, le seul moyen était que l'un d'eux arrive sur le côté sans que j'y prête attention. J'essayai de me remémorer la scène, les hommes avançant calmement sur nous et puis... plus rien.

Je n'avais pas vu la nuit tomber. Je fus terrifiée d'un coup. La voix ne me disait pas s'il fallait aller dans le village, retourner à la maison, passer au puits, rester là. Je n'osais plus bouger. J'attendais. Elle demeurait silencieuse.

Si je tombais dans le village sur quelques Hutus de retour tardif de cabaret, ils me couperaient ou me signaleraient aux Interahamwe qui ne mettraient pas longtemps à me trouver.

Si je restais assise, j'allais mourir de faim et de soif sous mon arbre.

Si je survivais, je me retrouverais dans un pays où tous les Tutsis auraient été supprimés. On ne me tuerait peut-être pas. On me garderait comme le dernier spécimen d'un peuple disparu. On me mettrait dans une cage. On me montrerait jusqu'à ce que je sois une vieille femme. Le guide dirait aux visiteurs : « C'est la dernière. Après elle, plus de Tutsis, l'espèce s'éteint. »

Je restai au milieu du marais. Jean-de-Dieu l'avait répété, ils allaient revenir. J'allais les attendre.

C'était ma dernière nuit. C'était bien ainsi.

Au fond, qu'avais-je été ? Une fille à papa qui était bien contente que son père aille chercher l'eau à sa place, qui n'avait pas prêté grande attention à sa mère qui devenait folle.

Papa me répétait : « Étudie, étudie, étudie. Tu pourras partir loin d'ici. » J'en profitais pour ne rien faire. Je lui racontais que j'avais des devoirs pour rester tranquillement à la maison. Je rêvassais devant mes leçons, je me limais les ongles, ils étaient si jolis, blancs, effilés, comme ils allaient bien au bout de mes longs doigts. Je me demandais si Jean-Eude m'avait vraiment regardée et surtout ce qu'il trouvait à cette idiote de Prudence, elle avait beau croire qu'elle serait la prochaine Miss Massongo, elle n'était pas plus belle qu'une autre Tutsie, ses mains n'étaient pas aussi soignées que les miennes.

Je ne méritais pas de vivre. Ou plutôt, ce n'était pas une grande perte si je ne vivais pas, nous étions presque tous morts. Magnifique Umuciowari allait disparaître. Elle n'avait rien fait de sa vie. Voilà.

C'est à cet instant que la voix se réveilla :

« Ton père, ta mère sont morts. Ta pauvre mère n'a jamais fait de mal à personne. Ton père s'est échiné sa vie entière à garder son troupeau. Pendant que tu te limais les ongles.

Tous les tiens sont morts, tu le sais, tu les as vus dans l'église. Ils se sont fait couper comme les chèvres pour les brochettes mais là, on ne va pas faire de brochettes, on va les laisser pourrir, ils ne vont servir à rien dans cette église, personne ne va les manger, ils vont pourrir, ils vont devenir liquides avec cette chaleur. Ils vont se répandre sur le sol, sous les bancs, sous l'autel, ils vont couler et toi, tu es là, tranquillement, sous ton arbre, à te demander si tu ne vas pas te laisser couper.

Tu n'as même pas le courage d'en finir toi-même, tu pourrais au moins te dire que tu ne vas pas laisser cette joie aux Hutus, que tu vas t'enterrer sans prendre de roseau pour respirer... »

J'eus l'impression de m'étouffer avec de la terre. Puis la voix se tut.
Je rejoignis le village.

Contrairement à la veille, j'avais peur. Je faisais attention à chaque pas.

Je remontai vers l'église quand je vis des corps sous des feuilles de papyrus. Je reconnus Jean-de-Dieu, ceux qui l'accompagnaient. Si lui – au courant de tout – s'était fait attraper, il ne devait pas rester beaucoup de Tutsis à Massongo.

Je redoublai de prudence. En commençant à marcher, j'eus l'impression d'être portée par une force, je m'imaginais être la dernière de mon peuple, je devais vivre pour éviter la disparition des Tutsis.

La perte de mes sandales avait été une aubaine, elle m'apprit à marcher sans bruit. Ma plante de pied allait tâter à droite, à gauche, avant de s'abaisser. Si elle sentait une feuille ou, pire, une branche sèche, elle se posait ailleurs.

Je m'approchai de l'église. Je fus rassurée de ne plus voir le camion militaire. « Ils n'ont plus besoin d'être là, tout le monde est mort. » À cet instant, je réalisai la mort de mes parents. Je ne les imaginais pas devenir liquides, je les imaginais devenir de plus en plus secs. Je n'osai pas rentrer.

Devant l'église, je trouvai un bâton, un peu comme celui de mon père. Si je rencontrais un groupe de Hutus, au moins je leur ferais passer un mauvais quart d'heure avant qu'ils m'attrapent.

J'avais peur. À chaque pas, je me retournais, j'avais l'impression que quelqu'un me suivait. Je me demandai comment, la veille, j'avais pu faire ce chemin avec une telle assurance.

Heureusement, nous habitions un peu avant le village, je bifurquai vers notre maison. Quelque chose avait changé. C'est en arrivant devant notre parcelle que je compris : les maisons des Tutsis n'avaient plus de toit. La nôtre ne faisait pas exception.

« S'ils ont pris les tôles, ils ont pris la réserve de sorgho. » Je me précipitai dans la maison. Ils l'avaient laissée, ils devaient être focalisés sur les tôles qui valaient grand prix. Ils reviendraient, ils savaient bien que nous avions des réserves, ils n'allaient pas les laisser perdre.

Je m'assis sur le coffre. La voix se réveilla : « Enterre-le. » Je pris la bêche, mais la terre était trop dure. Je pensai à la pioche mais, avec le bruit des coups, je risquais de me faire repérer.

À cet instant, je vis comme une photo aérienne de notre maison. Elle était entourée de maisons sans toit, leurs habitants tutsis gisaient dans l'église, je pouvais piocher tout mon soul sans être repérée.

Je creusai un trou de la taille du coffre sous notre table. J'avais l'impression d'avoir pioché toute ma vie alors que c'était la première fois que je touchais un outil ! Je pris deux poignées avant de le recouvrir de terre.

Je repartis en mangeant la farine, je la fis couler dans ma bouche comme dans un sablier. Elle avait cette fois un goût sucré, un peu comme une banane.

Je pensai alors aux bananiers, il y en avait dans les parcelles jouxtant l'église.

Je passai par le puits, moins prudente qu'à l'allée, je retrouvais l'assurance de la veille.

Je bus, mangeai les derniers grains de farine mélangés à l'eau en retrouvant le goût de colle.

Je traversai la partie la plus dangereuse pour moi, les parcelles hutues avant l'église. J'entendis de la musique, c'était suspect. Le cabaret de Joséphine fermait toujours vers neuf heures et il devait être plus tard. Je renonçai aux bananes.

Je longeai l'église, redescendis dans le marais. « Il y avait de la musique, il doit être, disons, dix heures du soir, que vais-je faire jusqu'au matin ? » Je fus horrifiée par ces heures. Elles étaient comme des enfants assis en tailleur qui me regardaient silencieusement en attendant quelque chose de moi.

La petite voix réapparut :

« Dors, il est bien plus tard que tu ne le crois. Bientôt, le jour va se lever. Tu ne te rends pas compte parce que tu es encore vaillante, mais surveille tes forces, tu vas en avoir besoin. Pour aller en haut du marais, il t'a fallu marcher une bonne heure, tu avances très lentement, tu fais attention à chaque pas. Pour aller de l'église à chez toi, il te faut une demi-heure, tu as enterré ton coffre, il t'a fallu une heure. Tu as fait un détour par les parcelles de bananiers, tu as perdu encore une heure. Tu es partie pendant presque toute la nuit alors dors, tu verras, quand tu te réveilleras, la journée sera passée. »

Je m'enterrai, je reformai la tranchée. Je laissai une légère inclinaison pour que ma tête soit plus haute que mon corps.

Je respirai par le roseau en ayant l'impression que l'air était plus pur, qu'il se réchauffait un peu aussi, j'imaginai que peut-être, au-dessus, là-haut – chez les vivants ! –, le jour se levait. Je me demandai si c'était la réalité ou le début d'un rêve. Je m'endormis.

Au réveil, la tranchée faisait comme un cocon autour de moi. J'avais retiré la terre de mon visage. Je regardais les feuilles d'eucalyptus que le vent agitait au-dessus de ma tête comme des milliers d'oreilles d'hippopotames vertes.

Je réalisai avec horreur qu'il faisait encore jour. J'allais remettre la terre sur mon visage, j'avais encore le roseau dans la bouche, mais la petite voix me dit : « Regarde, c'est la fin de la journée. » C'était vrai. Le soleil se couchait.

Je m'étais réveillée plus tôt que la veille, il ne fallait surtout pas sortir avant quelques heures. Les Hutus travaillaient jusque vers quatre heures, rentraient chez eux, dînaient, se couchaient tôt et se levaient avant le soleil vers cinq heures. Même si certains Hutus avaient traîné dans le marais, ils seraient rentrés chez eux à la nuit. « Ils travaillent comme d'habitude. Rien n'a changé dans leur vie, au lieu de couper des branches, ils coupent des Tutsis. »

J'avais déjà eu cette pensée. J'étais terrifiée à l'idée de me retrouver en face des mêmes pensées. Je réfléchis à l'organisation de ma soirée. Il faudrait remonter vers la maison et, au retour, tenter de prendre des bananes. « Tiens, je pourrais faire un brin de toilette en attendant la nuit. » Je me mis à rire.

Je laissai passer le coucher du soleil et repris ma tournée. J'atteignis assez facilement notre maison. En entrant, je découvris que toutes mes robes et celles de Maman avaient disparu. La couverture de Papa était toujours là. J'eus peur qu'ils aient volé le coffre, mais non, il était là, sous la terre. Je le déterrai et pris mes deux poignées de farine.

Je les mangeai en rejoignant les parcelles de bananiers. Ça sentait la viande grillée dans tout le village.

Je passai boire au puits, mangeai quelques bananes à la lisière des parcelles hutues et retournai dans mon trou. La petite voix avait raison : ma virée avait duré toute la nuit, le lever du soleil n'était pas loin. Je devais être fatiguée, je m'endormis instantanément.

Chaque soir, en me réveillant, je me demandais si le jour était avancé… Je sentais la terre sur mes paupières, j'ouvrais très légèrement les yeux et, quand les grains de terre allaient s'infiltrer, je les fermais. Je pouvais jouer ainsi des heures pour faire passer le temps… J'avais remarqué que si je mettais une feuille de bananier devant mon visage avant de m'endormir, la terre ne pénétrait presque pas.

Je me demandais quelle heure il pouvait être. J'aspirais l'air dans le roseau – une fois, j'avais tenté de mettre la tige dans mes narines mais j'avais manqué m'étouffer ! S'il était chaud mais surtout chargé, comme de la fumée, ou non : une buée chaude, il devait être six heures. S'il y avait un peu de fraîcheur, il pouvait être sept ou huit heures, ça me réjouissait, la journée était passée, j'allais pouvoir sortir. Si je sentais encore comme de la pourriture, il devait être cinq heures, ou peut-être, malheur ! quatre heures, et alors il faudrait essayer de me rendormir et sinon attendre, attendre...

Je me rends compte que je n'avais pas peur de mourir de faim ni d'être coupée. Je n'avais pas peur de la mort des autres non plus. J'avais vu mes parents morts sur moi. J'avais vu Jean-de-Dieu et toute sa famille sous le papyrus. J'avais peur de penser. Mes pensées me rendraient folle et, toute seule, dans mon trou, elles me tueraient. Je tentais de toujours occuper mon esprit avec des choses pratiques.

Je réfléchissais à ma nuit, au chemin à prendre, j'y introduisais des variantes pour me changer les idées, prenant par le versant gauche du marais au lieu de la ligne droite habituelle.

Irais-je dans les parcelles de bananiers ? Le plus souvent, j'y passais, plus pour allonger le chemin que pour me nourrir.

MAGNIFIQUE

Ce que je préférais, c'étaient les nuits de pluie. La première fois, j'avais eu peur, je m'étais réveillée trempée, j'avais dû chercher un nouvel emplacement. J'avais trouvé, dans la souche d'un immense eucalyptus, une cavité protégée par une voûte de feuilles qui restait sèche.

La pluie forçait tout le monde à rester chez soi, je pouvais rejoindre notre maison sans craindre de mauvaises rencontres. Je faisais de grands pas en glissant sur la boue. Une fois, je m'étais étalée de tout mon long ! J'éclatai de rire sous les trombes d'eau.

Puis je retournais dans mon trou. Je m'enterrais. Je comptais les points de contact avec la terre, je plissais mon front : un, j'entrouvrais ma paupière droite ; deux, la gauche ; trois, je remontais une joue ; quatre, l'autre joue ; cinq, mon menton ; six, je redressais mon cou ; sept, je soulevais une épaule puis l'autre... Je m'endormais.

Et puis, une nuit, quelque chose avait changé.

Le lendemain, de nouveau, il y avait quelque chose de différent. En passant devant les parcelles de bananiers, il n'y avait plus d'odeurs de nourriture. Tous les jours précédents, quand je retrouvais notre maison, quand j'allais au puits, quand je passais prendre des bananes, il y avait des odeurs de cuisson, mais là, rien. « S'il n'y a plus de nourriture, il n'y a plus personne. »

Je ne trouvais pas de réponse mais retournais me coucher, pour la première fois depuis longtemps, très excitée. Je me réveillai très vite. Le soleil était au-dessus de moi. Je pouvais le sentir à travers la terre. Je me dégageai en oubliant que mes yeux n'avaient pas vu de lumière depuis longtemps, je restai aveugle quelques minutes.

Je décidai de rejoindre le village en pleine journée. Je préférais me faire couper que passer une journée à penser.

Je montai vers l'église plus prudemment que jamais, faisant attention à chaque bruit, à chaque pas. En levant la jambe au-dessus d'une herbe, je vis une cuisse décharnée. « À qui peut bien être cet os recouvert de peau ? »

Je parvins sur la place de l'église. Il n'y avait personne et nous étions en pleine journée. Avant, des nuées d'enfants jouaient au foot. J'allais entrer dans l'église. « À quoi bon ? Mes parents sont morts, ils étaient au-dessus de moi. » Je me mis à avoir des doutes, je ne pensais pas être devenue folle, mais j'avais pu mal voir.

Je poussai la porte. Ce n'est pas l'odeur qui me saisit, c'est le bruit. On avait l'impression d'entrer dans une ruche. C'étaient les mouches. Personne n'avait touché aux corps depuis le massacre. On aurait dit que les os avaient aspiré la peau. Je ne pus dépasser l'autel.

MAGNIFIQUE

Je rejoignis le village en faisant très attention. Je m'approchai de notre maison. Je pris de la farine. Je mangeai mes deux poignées en rejoignant le puits. Je bus et cueillis des bananes. Il n'y avait personne. Nulle part. En pleine journée.

« Si tous les Tutsis sont morts, les Hutus ont ce qu'ils veulent, pourquoi sont-ils partis ? »

J'empruntai la route de la frontière. Pourquoi ? Peut-être parce que c'était le chemin du lycée. Je ne parvenais pas à réfléchir.

Je commençai à descendre la colline. Avant de bifurquer vers le lycée, je vis un tas d'habits au loin. « Pourquoi mettre des habits au bord de la route ? Tout le monde a besoin d'habits… » Je m'approchai. C'étaient des gens. Des hommes. Des femmes. Des vieillards. Des enfants. Beaucoup d'enfants. Leur peau était tendue, on avait l'impression qu'elle allait se déchirer. Je m'enfuis et, quelques centaines de mètres plus loin, un autre tas. Je me demandai à nouveau : « Pourquoi des vêtements à cet endroit ? » Je découvris des enfants, il n'y avait presque que des enfants et toujours cette peau qui menaçait de se rompre autour de leur mâchoire. Je me mis à courir, je vis d'autres tas, et encore d'autres tas, je courais, je courais sans plus m'arrêter. Il y avait des tas, de plus en plus de tas au bord de la route et puis, tout d'un coup, Honorine, la sœur de Papa, son mari Joseph, leurs enfants Carène, Linda, Rebecca, Nadège, Patrick, Jean-Pierre… mais pas dans cet ordre. Les plus jeunes, Patrick, Jean-Pierre, Nadège, Rebecca en dessous. Honorine sur eux. Joseph à côté. Sans pieds. Carène et Linda un peu plus loin. C'était la spécialité du chef Interahamwe de Massongo. Il coupait d'abord les plus jeunes enfants. Il laissait les parents en vie pour qu'ils les voient mourir. Il coupait ensuite les pieds du mari et les mettait sous le nez de la femme en lui disant : « Tu sens l'odeur de la mort ? » Il tuait la femme si elle n'était pas consommable. Heureusement, Honorine avait pris beaucoup d'embonpoint, j'espère qu'ils l'ont coupée de suite. Il s'occupait ensuite des filles qui avaient vu leur mère, leurs petits frères et petites sœurs se faire couper, qui entendaient leur père hurler. Elles ne devaient plus être tout à fait saines d'esprit quand il les violait au bord du chemin.

Je me remis à courir, à hurler, je hurlais je ne sais quoi, je courais, je courais, j'ai dû courir des kilomètres, je courais pour ne plus voir de tas, il y avait partout des tas, des mâchoires, des pieds posés à côté de corps de femmes, je courais, je courais, je hurlais, je courais... Je butai sur un camion blanc. Il occupait toute la route, ses roues étaient énormes, je songeai à passer sur le côté, mais un soldat en descendit et se mit devant moi. Je fus prise de stupeur... Si tu avais vu comme il était propre, ce soldat, il avait des lunettes... des lunettes de soleil bleues... une veste militaire... repassée, une ceinture... avec une boucle argentée qui brillait au soleil, un pantalon kaki à couture sur le côté... des rangers noirs cirés...

Il me fixait avec un air effaré. Je regardai ma robe, celle que je portais le jour où j'étais partie à l'église, il ne restait plus que des lambeaux noirs.

Je ne sais même pas si j'avais une culotte.

Je tentai de lui sourire mais aucun muscle de mon visage ne remua.

« Madam... » Il ne dit pas « mademoiselle ». Si tu avais vu quelle madame il avait devant lui ! Ça n'avait pas l'air de le déranger, il poursuivit très calmement : « Would you mind following us... » Il n'y avait aucune marque d'interrogation dans sa phrase. Je ne compris pas, bien sûr, je ne comprenais pas l'anglais mais, surtout, je ne comprenais pas le langage des hommes. Je regardai à droite, à gauche du camion pour m'échapper, mais le chauffeur était descendu de l'autre côté et faisait mine de rester là, au pied de la petite échelle blanche, comme si de rien n'était, comme si ça n'était pas pour m'empêcher de passer, comme pour prendre l'air. On eût dit qu'il contemplait le paysage. Quand je me demandai : « Mais qu'est-ce qu'il fait là celui-là avec son brin d'herbe dans la bouche ? », ils se saisirent de moi. Je hurlai, je dus les frapper même. Je refusai de gravir leur échelle blanche. Il fallut qu'ils me portent sur le siège avant. Ils m'ont peut-être un peu attaché les mains, j'avais des marques en arrivant dans le camp. Je m'évanouis dans leur camion.

De mes premiers jours à l'hôpital du camp, je n'ai qu'un souvenir. Un homme – c'était peut-être Henri, le chirurgien – s'adressa à quelqu'un à côté de moi : « Elle a dû déguster, celle-là... Les FPR l'ont récupérée sur une route... elle courait à moitié nue... elle a dû passer le génocide cachée quelque part... »

Je ressentis un grand calme avant de me rendormir. « Ils savent... Ils savent... »

La première personne que j'ai vue, c'était toi, ou plutôt une tignasse brune, je ne discernais pas bien ton visage, j'entendais : « Vous me voyez ? Vous m'entendez, mademoiselle ?... »

Pendant des jours, des semaines, dès que je me réveillais, tu étais là. C'est Dana, l'infirmière belge, qui m'a révélé votre stratagème ! Dès que mes yeux s'entrouvraient, elle devait te prévenir.

Je ne comprends toujours pas pourquoi tu m'as choisie... Tu aurais pu choisir Irène... Son lit était juste en face du mien. Elle était aussi maigre que moi.

Elle avait passé trois mois cachée dans un toit. Son père, sa mère, ses deux sœurs, ses trois frères étaient partis se réfugier dans l'église, elle était rentrée le soir de l'école dans une maison vide. Elle avait eu le réflexe de se glisser entre les perches du toit. Elle disait, elle aussi, qu'une voix lui avait soufflé l'idée.

Tous les matins, elle entendait son voisin hutu partir au travail, sa femme préparer le feu, leurs enfants jouer et crier devant leur maison. Elle devenait folle avec les odeurs de nourriture. Deux fois, elle s'était évanouie dans le toit en reniflant la fumée de manioc, heureusement elle n'était pas tombée.

Elle passait la journée à se répéter : « Ne pas me précipiter sur la marmite des voisins. » Cette marmite l'empêchait de penser à ses parents, ses frères, ses sœurs, ses crampes, ses fourmis dans les jambes. Quand elle sortait de sa cache, elle mettait plusieurs minutes à pouvoir tenir debout.

Elle attendait le retour du voisin le soir. La famille dînait et se couchait. Elle pouvait descendre de son toit, courir, boire au puits, revenir manger du sorgho. Elle avait, comme moi, enterré la réserve dans la maison.

Une nuit, en revenant du puits, elle avait senti une odeur de viande grillée. Sans comprendre pourquoi, elle s'était allongée sur la route pour la respirer. « Je voulais m'envoler avec elle », disait-elle.

Elle n'a jamais su si les voisins s'étaient doutés de quelque chose, ils n'étaient jamais venus voir.

Enfin, tu aurais eu du mal à la choisir… Très vite, Irène ne parla plus que de sonnette. Tu te souviens, toute la journée elle hurlait : « La sonnette ! Il faut tirer la sonnette ! »

Tu aurais pu t'intéresser à Faustine. Le lit à droite du mien. Encore plus maigre que moi. Elle avait couru pendant trois mois. Tous les jours. Du matin au soir. Devant, derrière, à gauche, à droite, pour échapper aux Hutus. Dans le bois de Kibongo. Presque sans boire, sans manger. Une vraie championne. Ils étaient trente dans le bois au début du génocide. Elle finit seule.

Mais elle a tout de suite été transférée au service psychiatrique de l'hôpital de Bruxelles.

Tu aurais pu choisir Tilda. Si fière. Si droite. Si tutsie. Sur le dernier lit du dortoir. Au centre de l'allée. Comme si elle régnait sur nous.

Elle avait été la maîtresse du chef des Interahamwe de Kibongo. Il l'avait cachée dans le stock de machettes tout le temps du génocide, un endroit dont il était le seul à avoir la clef pour raisons de « sécurité nationale ».

Il venait chaque soir prendre de nouvelles machettes et lui apporter de quoi se nourrir. Il devait prendre son dû aussi.

Elle ne nous l'a pas avoué, bien sûr. Elle ne nous adressait pas la parole. Elle le racontait dans son sommeil.

Tu n'as pas eu le temps. Elle est partie aux États-Unis grâce au consul américain qui la trouvait à son goût. Il paraît qu'elle vit dans l'Iowa ou le Kentucky.

Non... tu as choisi un tas d'os noir qui entrouvrait parfois les yeux.

La première fois que je réussis à garder les yeux ouverts, tu m'as dit :

— Je suis Jérôme Auskl, chef de la délégation du Comité International de la Croix-Rouge dans ce camp. Ne vous inquiétez pas, nous prenons soin de vous.

Ça avait l'air d'être une bonne nouvelle. J'ai voulu répéter ton prénom, mais je ne suis parvenue qu'à murmurer : « Chrrôme... » J'ai voulu te regarder, mais j'ai senti mes yeux partir dans tous les sens. Je me suis rendormie.

Et puis, j'ai réussi à garder les yeux ouverts plus longtemps. Je ne comprenais pas ce que tu faisais toujours là. Devant mon lit. Tu as commencé à me raconter des histoires de montagne. Je ne sais pas pourquoi.

Tu m'as décrit l'ascension de l'Eiger : « On part de Grindelwald, on peut passer par le glacier, mais il faut mettre des crampons... Ensuite, on monte à pied ou en skis de randonnée, il faut faire très attention aux crevasses, surtout vers avril quand la montagne s'ouvre... » Je ne connaissais pas Grindelwald, je n'avais jamais vu un glacier, encore moins une montagne s'ouvrir, je ne savais pas ce qu'était l'Eiger, je ne comprenais rien à tes crampons, tes crevasses, tes skis de randonnée... mais j'avais remarqué une chose : à chaque fin de phrase, tu jetais un coup d'œil sur moi. Et tu me souriais. Puis tu reprenais. J'ai eu envie de te sourire, moi aussi, mais je ne l'ai pas fait, je suis tutsie tout de même !

MAGNIFIQUE

Après ta description de l'arrivée au sommet, tu m'as regardée. Tu m'as souri. Un drôle de sourire. Comme si tu attendais quelque chose. Une réaction. Tu restais silencieux. Je ne savais pas quoi faire. Du coup, j'ai demandé : « Où est Grindelwald ? » C'est drôle, après des mois sans parler, ce fut ma première phrase. Tu as répondu comme si nous conversions depuis des semaines : « Grindelwald, c'est assez facile depuis Genève, tu longes le lac... » – bien sûr, je ne voyais pas de quel lac il s'agissait –, « tu rejoins Montreux en passant par Lausanne... » – je voyais encore moins –, « puis tu traverses la région des Interlaken... » – là, j'étais complètement perdue !

Tu t'es mis ensuite à me parler de l'histoire de Suisse, tu devais avoir épuisé ton stock d'excursions en montagne !

Un matin, tu te souviens sûrement, tu étais à côté du lit, comme d'habitude tout beau, tout propre, les cheveux dans tous les sens, la chemise repassée, ton pantalon beige... mais tu avais un mocassin noir et un marron ! Ce fut, je crois, mon premier rire. Chaque fois que je regardais tes pieds, j'étais prise de fous rires.

Quand j'ai réussi à me calmer, tu es resté silencieux. En général, tu embrayais sur une histoire mais là, tu m'as regardée. Tu devais penser que j'étais folle. Tu m'as souri.

Je ne sais pas pourquoi, je me suis mise à te raconter des histoires. J'ai commencé par l'élection de Miss Massongo !

Nous n'étions qu'une petite ville rwandaise,

mais pour le rédacteur en chef de *Mode Afrique*, Miss Massongo était « la plus belle femme du continent », rien que ça ! Il avait même inventé le proverbe dont nous étions très fiers : « Venir à Massongo marié, c'est comme aller au restaurant rassasié ! » Chaque année, il consacrait une rubrique spéciale à l'élection de la Miss et des deux Dauphines de Massongo.

C'est là que tu m'as demandé avec ton air, tu sais, ton air de ne pas y toucher alors que tu sais très bien là où tu veux en venir : « Mais les miss étaient plutôt hutues ou tutsies ? »

— Tutsies, toutes...
— Jamais il n'y eut de candidates hutues ?
— Si, mais les jurés ne les regardaient même pas. Elles défilaient comme on va à l'abattoir, elles savaient qu'elles n'avaient aucune chance.
— Pourtant il y a de très jolies femmes hutues...
— Très... mais elles n'étaient jamais élues.
— Qui composait le jury pour Miss 1993 ?

MAGNIFIQUE

— Le bourgmestre présidait, les jurés étaient le directeur des impôts, le patron des entrepôts Bizum, le chef des Transports Rayo, le directeur de la succursale de la banque nationale, le chef des Interahamwe...
— Tous hutus ?
— Tous.
— Le chef des Interahamwe... en 1993... Et qui fut élu ?
— Florine Karibanga, Innocente Rodugosava et Inès Vuabongo.
— Toutes les trois tutsies ?
— Les trois.
— Moins d'un an avant le début du génocide...

Je me mis à te raconter mon père, ma mère, mes séjours chez Honorine, ses enfants... Tu semblais attendre quelque chose. Je savais bien ce que tu attendais. Je m'arrêtais toujours avant... Avant l'église.

L'église, elle, se rappelait à moi toutes les nuits. Je faisais toujours le même cauchemar. Nous attendions dans l'église. Le colonel donnait ses ordres calmement en indiquant avec son bras : « Un groupe... ici... à droite... un groupe... ici... à gauche... » Les hommes avançaient calmement. Ils levaient leur machette calmement. Ils l'abaissaient calmement. Nous tombions calmement. Les *clic clic* de ma mère ralentissaient... *clic... clic...* Les bras de mon père me serraient. Les ordres du colonel étaient de plus en plus lents : « Un groupe... ici... à droite... un groupe... ici... à gauche... » Les hommes avançaient. Ils levaient leur machette. Ils l'abaissaient de plus en plus lentement. Nous tombions de plus en plus lentement. Les *clic clic* ralentissaient, *clic... clic...*

Quand je me réveillais, je n'avais qu'une peur : que tu ne sois pas là. Mais tu étais toujours là.

Un jour, le rêve a continué après mon réveil. Tu me parlais de la dernière guerre civile suisse, je te regardais, mais j'entendais les corps chuter dans des espaces infinis. Au lieu de heurter le sol de l'église, leur chute s'éternisait dans un long sifflement. Tu décrivais cette guerre qui serait « la dernière sur le sol suisse, l'annonciatrice du principe de neutralité », mais les corps continuaient de chuter, leur sifflement s'allongeait, les *clic clic* s'accéléraient, les corps ne rencontraient plus d'obstacles, les sifflements se faisaient plus graves, les *clic clic* ne formaient plus qu'un *clic* aigu.

Tu t'interrompis. C'était mauvais signe. Tu finissais toujours tes histoires.

Les corps chutaient, les *clic clic* continuaient, les sifflements étaient de plus en plus forts, les corps allaient heurter le sol. Je t'ai imploré silencieusement d'en finir.

Tu as très bien compris. Tu avais accès au stock de médicaments. Il y avait des caisses remplies de somnifères pour celles qui ne trouvaient jamais le sommeil. Avec mes quarante kilos, deux plaquettes suffiraient.

Tu m'as regardée. L'espace d'une minute, ton visage n'exprima rien. Tu devais penser que tu avais choisi le mauvais cheval.

J'ai eu peur. Mais je n'ai pas faibli. Je t'ai supplié des yeux d'aller dans le stock, de prendre une boîte de somnifères, de me la donner.

Tu as souri. Il n'y a que toi pour sourire dans des moments pareils. J'ai nourri l'espoir d'en finir. Tu as continué de sourire.

Les corps continuaient de chuter. Ils allaient heurter le sol. Les *clic clic* continuaient de me scier les oreilles.

Tu m'as souri de nouveau. Un autre sourire. Un sourire qui disait : « Non... mademoiselle... Il faut vivre... »

Je prenais goût à notre routine. Je me réveillais. Tu étais là. Tu me racontais des histoires. Je te racontais des histoires. Tu avais l'air de les trouver intéressantes.

Je n'ai pas compris quand tu m'as dit après quelques semaines :

— Je vais...
— Tu vas... ?
— Je vais... as-tu répété, l'air contrarié.
— Tu vas... ? ai-je répété.
— Je... je... vais...
— Oui...
— Je vais partir.

Je ne m'y attendais pas du tout. La petite voix s'est réveillée à cet instant. Elle m'a soufflé : « Vis. » Voilà, c'est la seule chose dont je me souvienne, je l'entends encore : « Vis. »

Elle devait sentir, la petite voix, que ton départ annonçait ma fin. Je voulais bien avoir dormi sous la terre, je voulais bien chaque nuit aller chercher deux poignées de sorgho dans notre réserve, je voulais bien traverser les parcelles hutues pour manger deux bananes, je voulais bien repenser à mes parents, à mon père surtout, à cette façon qu'il avait de tenir son bâton et de m'adresser ce très léger sourire avant de sortir, je voulais bien entendre le *clic clic* des aiguilles de ma mère, je voulais bien revoir l'église, les tas d'habits au bord de la route... qui n'étaient pas des tas d'habits, je voulais bien... Mais que tu me dises que tu allais partir, j'allais trouver un moyen d'en finir. Plusieurs d'entre nous avaient réussi, ils se laissaient mourir de faim, de soif ou se pendaient aux poutres de l'entrepôt.

« Je vais partir. » À la seconde où j'ai entendu ces mots, j'ai pensé à m'approcher d'un soldat burundais pour me tirer une rafale de mitraillette dans le ventre, mais ils la portaient en bandoulière, il y aurait peut-être le cran de sûreté. Je me pendrais dans l'entrepôt avec un lacet sans savoir où trouver des lacets assez longs, les seuls auxquels je pensais étaient justement ceux des soldats. Je trouverais bien un moyen d'en séduire un – plus d'une d'entre nous y était parvenue –, il retirerait ses chaussures pour coucher avec moi, je ne savais pas du tout comment coucher avec un homme, je m'allongerais dans l'entrepôt avec lui et, avant qu'il me touche, je déferais très vite un lacet et courrais jusqu'aux poutres, je me disais qu'il faudrait peut-être plutôt le faire après – j'avais entendu dire que les hommes s'assoupissent – et profiter de son sommeil pour aller tranquillement me pendre.

Tu étais devant moi, debout, à côté du lit, tu te grattais le haut de la tête.

J'ai levé les yeux sur toi, je devais avoir l'air perdue ou plutôt non, je devais avoir l'air déterminée,

je pensais, je crois, à mon corps suspendu à une poutre de l'entrepôt, au lacet qui me sciait le cou, à mes jambes qui se balançaient, tu m'as dit :
— Non, non, je...

Et là, j'ai encore eu la force de t'encourager, cette force m'étonne, la petite voix devait m'aider.

— Tu... ? ai-je demandé.
— Je voulais dire : « Nous ».
— Nous ?
— Nous...

Tu comprends, c'était un peu trop pour moi... Tu comprends que, pendant ce brouillard dans le camp, j'ai vu des choses, dans ce brouillard, j'ai fait ce que chaque rescapé ne devrait jamais faire, j'ai imaginé... j'ai imaginé ce qu'il s'était passé quand j'étais sous terre, j'ai imaginé ce qu'il se passait avant les tas d'habits et, malgré le brouillard, j'ai imaginé avec une grande précision. J'ai imaginé ce que les miens avaient vécu dans l'église, ce que mon père avait subi. J'ai imaginé voir des hommes avancer avec une machette et serrer sa fille dans ses bras. Tu vois, j'ai imaginé ma mère qui ne comprenait pas et qui continuait à tricoter sans laine. J'ai imaginé mon père me serrer de plus en plus fort en regardant les hommes avancer sur lui. J'ai imaginé la sœur de ma mère, Agathe, que j'avais découverte dans l'église, avec ses quatre enfants, ils étaient tous là, en morceaux, posés l'un à côté de l'autre au pied de l'autel. J'ai imaginé ces enfants au bord du chemin qui n'avaient rien demandé à personne, des enfants, qui voyaient un type arriver, des types arriver, des types de Massongo, qu'ils connaissaient, le plus souvent, qui semblaient un peu plus concentrés que d'habitude et qui les coupaient, et qui coupaient leurs frères, et qui coupaient leurs sœurs, leurs grandes sœurs, leurs petites sœurs et le petit frère qui était dans le ventre de leur mère, ventre qui s'ouvrait devant eux avec le premier coup de machette, ils voyaient le fœtus, dans sa poche, ils voyaient la machette s'abattre sur le fœtus qui bougeait encore, ils voyaient la machette s'abattre sur leur père, ils voyaient la machette s'abattre sur eux et, parfois, parfois ils ne mouraient pas tout de suite, non, parfois ils passaient une heure, une journée, des jours, une semaine, deux semaines, trois semaines, à mourir au bord d'un chemin, à ne pas pouvoir se lever parce qu'il leur manquait une jambe, un bras, une main, à voir le fœtus qui séchait, à voir leur mère qui séchait, le ventre ouvert, à voir leur père qui bougeait encore. Voilà ce que je voyais quand tu m'as dit, tout beau, tout propre, dans ta chemise blanche : « Nous. »

Tu comprendras que j'aie gémi. Tu comprendras qu'Henri ait rappliqué. Tu comprendras que les infirmières aient rappliqué. Tu comprendras que j'aie hurlé. Tu comprendras qu'ils aient appelé les infirmiers. Tu comprendras qu'ils s'y soient mis à quatre pour me maîtriser. Tu comprendras qu'ils aient voulu m'injecter un calmant quand je me mis à hurler : « Tuez-les ! Tuez-les tous ! Exterminez ces chiens de Hutus ! Tuez-les ! Tuez-les au bord des chemins ! Tuez-les dans le ventre de leur mère ! Tuez-les ! Écrasez leur fœtus ! Violez leur femme !

Tuez-les, tuez-les tous... » Tu comprends. Tu disais : « Nous. » C'était un peu trop pour moi.

En t'écrivant cette scène, je te revois à côté du lit. Calme. Tandis que je hurlais. Ils s'y étaient mis à six pour me piquer. L'infirmier le plus costaud – j'ai eu la marque de ses doigts sur mon bras pendant un mois – criait avec son accent bernois : « Mais je ne trouve pas sa veine, bon Dieu !... » Une infirmière bloquait mon coude avec son genou. L'infirmier agitait son énorme aiguille au-dessus de ma tête. Un autre infirmier accourait avec des sangles. Tu te grattais la tête. Comme si tu cherchais à résoudre une énigme mathématique.

Quand je me suis réveillée de ce long sommeil chimique, tu étais devant mon lit :

— La dernière fois que je suis venu te voir, j'ai l'impression que ce que je vous ai dit vous a causé quelques... troubles, m'as-tu dit.

Quelques troubles ! Il n'y a que toi pour dire des choses pareilles ! Six personnes pour m'attacher les mains et les pieds au lit ! Tu défaisais distraitement mes sangles...

— Je crois que je m'y suis pris de façon trop abrupte, as-tu ajouté.

C'était drôle, c'était un autre homme, un autre ton, une autre voix presque. J'avais là quelqu'un d'assuré qui ne se grattait plus la tête. Tu avais dû répéter ton speech devant ta glace comme pour tes discours ! Tu détachas la dernière sangle :

— Je voudrais vous dire que je vous aime et que je voudrais me marier avec toi.

Tu ne cessais de passer du vous au tu, tu ne t'en rendais pas compte. C'est drôle, tu vois, je suis restée très calme. La petite voix ne disait rien. Je me souviens avoir pensé : « Il faudrait peut-être dire quelque chose. » Je me souviens te regarder, oui, que voulais-tu que je fasse d'autre ? Tu as pris mon regard pour un oui et là, c'est une chose qui m'étonnera toujours chez un être aussi dénué de sens pratique que toi, tu avais déjà tout organisé :

— J'ai vu avec Théoneste, le chauffeur, son cousin – je ne sais pas si c'est vraiment son cousin, enfin, je ne lui ai pas demandé son lien de parenté, mais c'est le ministre de la Santé du Burundi. Théoneste, je l'ignorais, avant d'être chauffeur au CICR, a fait une brillante carrière dans les affaires qui s'est mal finie. Ce cousin lui doit quelque chose – il ne m'a pas dit quoi. Théoneste lui a demandé comment régulariser ta situation. Il te faut un visa d'entrée, oui, figure-toi, il faut prouver que tu es entrée légalement au Burundi ! Elle est bonne... Un visa de résidence et un visa de sortie, il peut les avoir tous les trois, mais il lui faut une chose idiote, un passeport, et ça, il faut que tu ailles le demander en personne à la permanence du consulat du Rwanda dans le camp, je te ferai répéter ce que tu leur diras, je t'y accompagnerai. Le visa suisse, j'en fais mon affaire...

Au mot « Rwanda », sans du tout que je comprenne pourquoi, je me suis mise debout sur mon lit, tu as dû regretter d'avoir détaché mes sangles, j'ai commencé à hurler : « Qu'est-ce qu'ils foutaient dans leur putain de maison une fois qu'ils nous avaient coupés ?! Hein, qu'est-ce qu'ils foutaient ?! »

Je m'entends encore et c'est pour ça qu'une fois tout cela écrit, si je survis à cette opération, je ferai comme j'ai fait pendant les vingt-huit dernières années, je tenterai d'oublier. J'entends encore cette voix éraillée, une voix dont je dirais, si je l'entendais enregistrée, qu'elle est celle d'une autre, on avait l'impression que les cordes vocales allaient se rompre : « Ils faisaient quoi quand ils rentraient chez eux ?! Ils bouffaient ! Ils bouffaient nos putains de vaches, bien sûr ! » et là je me souviens, le « bien sûr » sonnait comme « bien sîîîîr » tellement cette voix montait dans les aigus, « Ils bouffaient nos vaches, je le sais… je sentais… avant de rentrer dans mon trou, je sentais la vache grillée… »

Tu te souviens comme ma voix est redescendue ? Je me suis assise sur le lit. J'ai entendu l'infirmier bernois dire derrière moi : « Va falloir la repiquer », et toi lui répondre : « Je vous le déconseille. »

Je me suis écroulée doucement sur le lit en pleurant : « Et leur femme... et leurs filles... Quand je retournais dans mon trou, j'ai vu, un soir, un soir j'ai vu... » Je voulais tellement mourir à cet instant, mourir tout de suite, même après ce que tu venais me dire... « ... un soir, après être sortie de mon trou, je suis passée devant la maison d'Élie, ses filles étaient là... Agnès et Irène, je les connaissais, c'étaient les voisines, elles ne m'ont pas vue, j'étais devenue un animal invisible, elles ne m'ont pas vue au bout de leur parcelle, moi je les ai vues, j'ai vu leurs robes... », je sentais ta présence à côté du lit, c'est pour toi que j'ai fini ma phrase : « Leurs robes... je les connaissais... c'étaient les miennes. »

Je te revois me faire répéter mon entretien pour aller demander mon passeport au consulat du camp. Tu jouais très bien le fonctionnaire rwandais borné :

— Nom ? me demandas-tu avec ton air sérieux.
— Umuciowari.
— Prénom ?
— Magnifique, Marie, Félix.
— Lieu de naissance ?
— Massongo, Rwanda.
— Date de naissance ?
— 27 août 1977.

— 1976, me dis-tu en levant ta paupière gauche.
— Non, 1977.
— 1976, me répétas-tu en abaissant ta bouche vers la droite.
— Mais… je connais ma date de naissance !
— Oui, 27 août 1976, me dis-tu.

Tu savais qu'en droit suisse, une fille de moins de dix-huit ans doit fournir l'autorisation de ses parents pour se marier…

Je te revois devant mon lit me parlant de mon visa suisse :

— J'ai fait ce que je n'avais jamais fait auparavant, j'ai courtisé une femme pas belle mais alors pas belle du tout ! Elle est consule de Suisse au Burundi, tu vas la voir, elle va venir visiter le camp, elle a fait tous les pays du monde et je crois qu'elle n'en a aimé aucun ! Elle a dû avoir un mari, elle a une fille dans la région de Gruyère et elle déteste mais elle dé-teste son poste à Bujumbura ! Tu l'entendrais : « Cette ville est horrible, il fait chaud, il n'y a rien à faire, la nourriture est mauvaise, tout y est cher... » Eh bien, je la traite comme une princesse ! Je ne ferais pas mieux avec la reine d'Angleterre ! Chaque fois que je passe à Buju, je lui paye un petit bonjour. Tiens, la dernière fois, je lui ai trouvé des chocolats, oui, le chef de l'Intercontinental les fabrique lui-même. Je lui en ai apporté un kilo ! Tu l'aurais vue devant la boîte, un chat au-dessus d'une souris, elle a tenu quelques secondes et puis elle a dit : « Bon, faut quand même les goûter ces chocolats ! » et je crois qu'elle en a mangé dix, vingt, devant moi ! Tu vois, c'est drôle, je me suis toujours dit qu'un jour, j'aurais besoin d'elle, avant même de te connaître, je me disais qu'un jour ou l'autre, j'aurais un service à lui demander et que, ce jour-là, il ne faudrait pas qu'elle puisse me le refuser...

Quand la consule est venue visiter le camp, je ne t'avais jamais vu comme ça ! Elle était petite, grosse avec une robe noire qui peinait à faire le tour de sa taille, mais tu la traitais comme une déesse. Je te revois lui montrer l'hôpital, tu la précédais, tu courais devant elle ! Tu faisais presque des courbettes !

Tu la présentais à tout le CICR comme un chef d'État : « Madame Christine Ferrandi, consule générale de la Confédération helvétique auprès du gouvernement de la République du Burundi. » Rien n'était assez beau pour elle. Tout ça pour lui demander, au bout de mon lit, « Christine... » – tu l'appelais par son prénom ! – « ... cette pauvre Tutsie a été retrouvée en haillons sur une route au Rwanda, on ne sait même pas comment elle a survécu... »

Et moi j'étais dans mon lit à te regarder, j'ai mis quelques secondes à réaliser que la pauvre Tutsie, c'était moi !

« Nous voudrions lui faire profiter de la médecine suisse, mais il lui faudrait un visa... »

Elle eut alors cette réplique superbe : « Je lui donne bien volontiers un visa de trois mois, cher Jérôme... » – vous étiez déjà intimes ! – « ... comme cadeau avant mon départ en retraite... mais ensuite... je ne veux pas savoir. »

Ce qui m'a tout de suite frappée, en Suisse, c'est le calme.

Ça a commencé à l'aéroport, tu arrivais là tranquillement. Tu as tendu ton passeport rouge à croix blanche, le douanier y a jeté un œil distrait avant de te le rendre. Tu avais beau m'avoir dit que mon passeport rwandais, mes visas burundais, mon visa suisse étaient en règle, j'étais sûre qu'il y aurait un problème. J'étais là, derrière toi, j'ai tendu mon passeport. Le douanier l'a feuilleté et me l'a rendu !

C'est à cet instant que j'ai compris que je pénétrais dans un autre monde. On aurait pu penser que j'allais être impressionnée par l'aéroport ultramoderne de Genève avec ses magasins illuminés et leurs vitres impeccables, par les voitures qui semblaient toutes neuves et propres, par les autoroutes qui ne cessaient de s'entrelacer, mais non, ce qui me frappait, c'était la paix. Et ça n'a jamais cessé depuis.

Le taxi a traversé Cologny. Il nous a déposés devant la maison. Tes parents avaient déjà déménagé dans le centre, mais ta mère était là. Tu avais dû la prévenir de notre arrivée.
Elle s'est avancée vers nous. Je l'ai tout de suite regardée comme une Tutsie. C'est drôle, pour une blanche, mais il y a chez elle une réserve, un silence, qui sont les marques de notre peuple.

— Voilà, maman, c'est Magnifique, lui as-tu dit.
— Bienvenue, m'a-t-elle dit avec son air doux.

Je vais te dire pourquoi je me suis évanouie devant le taxi.
Quand ta maman m'a dit : « Bienvenue », une chose que j'étais parvenue à oublier est revenue.

Dans l'église, quand j'étais un cadavre, j'ai eu des moments de conscience. Je me réveillais, je sentais que je n'avais pas la force de bouger, j'écoutais, je n'essayais pas d'ouvrir les yeux – heureusement –, je me rendormais. Et puis, au deuxième ou troisième réveil, j'ai entendu comme un bruit, un halètement. J'ai mis du temps à comprendre. Pour moi, c'était un bruit inconnu, mes parents devaient faire ça en silence ou ne pas le faire. Il y avait un type qui violait une femme, une fille, je ne sais pas, juste à côté de moi. Il y avait un type qui, au milieu de ces blessés qui gémissaient, juste à côté d'un tas de cadavres, violait une femme, ou une fille, je ne sais pas. J'entendais les ahanements de l'homme, j'entendais les sanglots de la fille, de la femme, elle ne criait pas. J'ai dû avoir l'intuition dans ce brouillard qu'il ne fallait surtout pas ouvrir les yeux, que si l'homme voyait mes yeux ouverts, il viendrait me sortir du tas de cadavres pour me couper. Plus l'homme s'activait, plus je fermais les yeux comme s'ils pouvaient aussi boucher mes oreilles. J'entendais les sanglots de la fille, elle ne se plaignait pas, une vraie Tutsie. Au moment où je m'y attendais le moins, j'ai entendu *chlak*. Je n'ai pas entendu la libération de l'homme, j'ai entendu *chlak*. Il venait de se débarrasser de sa victime. Je me souviens avoir fermé les yeux encore plus fort.

Quand ta mère m'a dit : « Bienvenue » de son ton très doux. Dans le jardin. Devant le taxi. Au pied des colonnes en pierre. En s'approchant de la portière de sa démarche lente. Ce sont les ahanements du type que j'ai entendus.

Ta mère s'est penchée sur moi. Elle m'a caressé la joue avec son doigt. Elle a dit : « Le voyage a dû être long... » Je ne sais pas si nous parlions du même voyage, je ne sais pas ce que tu lui avais raconté, mais elle n'en dit rien. Elle savait sûrement que mon voyage avait commencé longtemps avant l'avion...

Je sens encore sa bague froide sur ma joue. Je l'entends me dire : « Nous avons un lit là-haut pour vous. Jérôme va s'occuper des valises. »

MAGNIFIQUE

Je m'appuyai sur son bras pour monter l'escalier. Je me disais que je devais continuer à monter. Je ne devais pas tomber. Ensuite, il y aurait les draps, mais je devais me redresser. Je devais gravir chaque marche pour parvenir en haut de l'escalier.

Je le devais à mon peuple.

Je me souviens de mon réveil dans la chambre d'angle. J'avais dû dormir une heure, un jour... Je regardais la vue au-dessus des draps propres, épais comme je n'en avais jamais eu.

C'est là, je crois, que j'ai commencé à aimer cette maison. J'aime son calme. Elle est entourée d'un champ. Faut-il être suisse pour garder des champs dans le quartier le plus chic de Genève ! Et cultivés en plus !

On est un peu rebuté par le mur d'enceinte, il a ce côté râblé, arrondi sur le dessus, qui lui donne des airs de château fort, il jure avec les villas de bord de lac et les maisons d'architecte des alentours.

Le garage m'a toujours paru étrange avec ses murs épais et ses petites fenêtres.

Et puis, on découvre cette drôle de maison. La façade, avec ses quatre fenêtres au rez-de-chaussée et au premier étage, fait très petit château. Comme le salon, le canapé demi-lune en velours vert, les fauteuils bleu roi, la bergère rose trouée, les portraits de tes aïeuls autrichiens au mur – ils n'avaient pas l'air drôles, ces pasteurs et ces banquiers –, les photos de tes grands-parents sur le piano mais, dès la cuisine aux meubles blancs en contreplaqué, l'escalier dont les marches se détachent, le sol du premier étage dont les tomettes rouges ondulent au gré des pièces, on est dans une maison de vacances.

Sans parler du grenier, cet incroyable bric-à-brac de machines à calculer les heures, les jours, le temps qu'il va faire, l'eau qu'il va tomber, l'orgue de barbarie, les piles d'horaires Paris-Genève, les chambres cachées derrière deux ou trois marches et la vue sur le lac depuis l'ancien bureau de ton père.

J'aime qu'on ne voie le lac que du grenier, il est trop grand, trop impressionnant avec ses montagnes. Je n'aimerais pas l'avoir toute la journée devant les yeux, il m'intimide, il nuirait à mon calme.

J'aime la vue de notre chambre : le garage, la table et les chaises en fer-blanc, les transats sur le gazon. J'aime que le jardin soit légèrement en pente. J'aime son herbe douce, calme. Comme l'est cette maison. Comme l'est ce voisinage. Comme l'est ce pays.

C'est ce calme qui m'a fait réaliser combien notre pays était tendu.

C'était tendu en allant à l'école. Il pouvait m'arriver quelque chose si un ou deux Interahamwe avaient envie de violer une Tutsie et de la laisser au bord de la route, personne ne serait allé les poursuivre. Mon père n'aurait peut-être pas même osé se plaindre.

C'était tendu dans la cour. Les garçons tutsis prenaient des coups qu'ils ne devaient surtout pas rendre s'ils ne voulaient pas avoir des problèmes à la sortie.

C'était tendu au début des cours de physique. Le professeur hutu ne faisait l'appel que des élèves hutus, comme si nous n'étions déjà plus là...

C'était tendu en sortant de l'école quand les jeunes Interahamwe nous lançaient gaiement : « Ah ! ce sera bien quand vous ne serez plus là ! Bientôt ! Bientôt ! » Mais au moins eux nous parlaient, nous existions encore pour eux, nous n'étions pas déjà morts.
C'était tendu sur le chemin du retour quand on avait maths tard, la nuit commençait à tomber, un ou deux Hutus pouvaient sortir du cabaret.
C'était tendu la nuit parce qu'il y avait encore moins de sanctions que le jour.

Les premières semaines, je me répétais : « Je suis en Suisse, je suis en Suisse... » Je fixais la poignée de fenêtre, le garage, le gazon, la table du jardin pour me persuader que c'était vrai...

Et dire que tu ne m'avais toujours pas touchée ! Nous ne dormions pas dans la même chambre. Tu disais que je devais me remettre, mais je crois que tu n'osais pas t'approcher de moi. J'imaginais qu'une nuit, tu allais venir me violer – je ne savais pas très bien comment ça se passait d'ailleurs –, mais non, tu rentrais du bureau, nous dînions, nous regardions un film, tu me jetais des regards dans la pénombre, chacun allait se coucher... Quand nous nous quittions en haut de l'escalier, je me disais : « Ce soir, il va peut-être essayer », mais non, tu me disais bonne nuit.

Il a fallu que j'aie cette fièvre pour que tu m'éponges le front avec un gant de toilette, le visage, le cou, que tu oses aller jusqu'en haut de mon buste. J'ai fermé les yeux. Ce dut être un signal. Tu as massé mes seins avec ce gant. Je déteste qu'on touche mes seins, aucun garçon ne s'y était risqué, même moi, je ne les touche pas. J'ai trouvé ça agréable. Tu t'es mis à me masser le ventre. Je gardais les yeux fermés pour ne pas te gêner ! Tu as massé mes jambes – je me disais bêtement : « Ça ne ressemble pas à un viol ! » –, puis mes pieds, tu faisais passer le gant entre mes orteils, ça me chatouillait. Et puis, je ne sais plus comment – j'avais la fièvre tout de même ! –, je me suis retrouvée allongée sur le ventre, tu m'as éponné énergiquement le dos puis lentement, de plus en plus lentement, tu laissais glisser l'extrémité du gant sur ma peau. Tu t'es arrêté. Tu regardais mon dos, ce dos que tu peux regarder une demi-heure sans bouger... Tu t'es mis à me masser les fesses puis tu t'es arrêté, tu devais les regarder aussi...

Si je meurs pendant cette opération, il ne faut surtout pas que tu gardes une fausse image d'elles, je te le répète, mes fesses sont horribles, tu dis qu'« elles sont très bien », mais tu n'y vois pas clair quand il s'agit de moi, elles sont plates, petites, flasques. Ève a des fesses superbes, des fesses de jeune fille hutue, ça oui, nous enviions leurs fesses rebondies comparées à nos fesses de princesses plates... Tu as continué en massant le dos de mes cuisses, en enfonçant tes pouces dans mes mollets.

Je t'ai fait ce signe de la main sans comprendre pourquoi. Quand je t'ai senti en moi, je n'ai plus du tout pensé au viol, j'ai pensé à un vol d'oiseaux, oui, c'est drôle, il y en avait quelques-uns dans les bois où je me suis cachée, des oiseaux blancs que je n'avais jamais vus avant...

Je t'ai regardé dormir ensuite. Calme. Je commençais à aimer ton calme. Je t'avais vu à l'hôpital du camp quand six personnes tentaient de me maîtriser. Je te voyais partir le matin au bureau, calme. Revenir le soir, calme. Tu t'occupais du

Cambodge, du Soudan, de la Tchétchénie, mais tu n'en parlais jamais. Tu me racontais la fille des urgences qui te faisait du gringue, celle de la communication qui priait en cachette dans les toilettes pour respecter le principe de neutralité !, ces ambassadeurs de France qui – partout dans le monde et pour une raison qui te restait mystérieuse – semblaient toujours s'appliquer à faire ce qu'il convenait de ne pas faire...

Même quand je t'ai annoncé que j'étais enceinte quelques jours plus tard, tu es resté calme. Tu avais commencé une phrase, j'ai dit : « Je suis enceinte. » Tu t'es arrêté. Tu m'as regardée. Tu as souri. Tu t'es appuyé tranquillement sur la cuisinière... mais elle était allumée !

L'infirmière des urgences de Cologny bandait ta main avec beaucoup d'application. Tu regardais cette étrange boule blanche au bout de ton bras comme s'il s'était agi de la main d'un autre. Calme. À cet instant, j'ai senti les souvenirs faire un pas en arrière.

Il faut que je t'avoue quelque chose. Avant ce passage aux urgences, je ne comptais pas spécialement vivre. D'accord, un Suisse m'avait recueillie dans sa jolie maison et voulait m'épouser, mais je savais que les souvenirs auraient raison de moi.

Je découvrais que, quand tu étais là, les souvenirs s'éloignaient. C'est pour ça qu'encore aujourd'hui, je déteste quand tu pars en mission, j'ai toujours l'impression que les souvenirs vont en profiter pour revenir m'écraser.

Je comprends, tu sais, que ton père ait été furieux de notre mariage. Tu te rends compte, vous êtes pasteurs ou banquiers depuis des siècles et toi, son seul enfant, tu lui ramènes une Noire.

Je te revois quand tu lui as annoncé. Ta mère t'avait dit : « Tu en parleras avec ton père », et toi, tu avais dû te dire que ce serait une partie de plaisir. Non... les conversations avec ton père ne te sont jamais des parties de plaisir.

Je n'ai jamais vu un père et un fils si dissemblables. Tu doutes de tout, ton père ne doute de rien, tu es d'une sensibilité presque maladive, ton père en est dénué, tu es obsédé par ce qui est juste, ton père l'est par ce qui est correct, ton père est petit, tu es grand, ton père est gros, tu es mince.

J'ai plus de points communs avec un Hutu que toi avec lui !

Nous étions assis dans le salon, j'allais mieux, j'avais mis ma robe turquoise pour l'occasion, je m'étais dit que je devais me faire belle pour fêter la nouvelle.

Ta mère avait longuement parlé de ses arbres, elle avait trouvé un noyer d'Amérique pour le jardin et cherchait des plants de Liquidambar.

Ton père venait de découvrir de nouveaux cousins à Berne, il en était très fier. Alors qu'il allait se lancer dans la généalogie familiale, tu l'as presque interrompu :

— Voilà, papa, nous allons nous marier.

Il a mis quelques secondes à réagir.

— Te marier ?! Mais tu rêves, mon pauvre ami ! Te marier ?! Tu crois que tu peux te marier parce que tu as un travail ? Parlons-en de ton travail ! Tu étais chargé de grands comptes à vingt ans, en

banque d'affaires. Ton père, ton grand-père – Dieu ait son âme – auraient pu t'aider à devenir directeur, président même, et toi, tu démissionnes pour aller au CICR gagner la moitié de ton salaire...
— Le quart, papa...
— Le quart, oui... répéta ton père sans paraître comprendre les mots qu'il prononçait.

Tu m'as regardée. Tu avais exactement le même sourire que pendant la visite de la consule. Ton sourire en diagonale.

— Et tu viens maintenant m'annoncer que tu vas te marier...

Il allait ajouter : « avec une négresse », mais il n'osa pas devant moi.

— Mais tu rêves, mon pauvre ami. Je ne sais pas si ta mère était au courant mais...
— Je suis désolée, j'ai... a dit ta mère de son ton très doux.

Comment une femme aussi fine peut-elle être soumise à ton père ? Il ne l'a pas laissé poursuivre.

— Le mariage, c'est...

Je crois que ton père voulait dire quelque chose d'intelligent, mais il n'a pas trouvé ! Tu m'as souri de nouveau. Je me suis mise à sourire aussi.

— Jamais, tu m'entends, jamais ce mariage ne se fera avec mon consentement...

Ton père m'a regardée. Je me suis évanouie. Il avait exactement le même regard que notre professeur de physique quand il soupirait de nous voir encore là.

À mon réveil, ta mère était à côté de mon lit. Elle m'a demandé comment j'allais. Elle avait le même ton qu'avec ton père. Il y avait quelque chose dans sa douceur qui me gênait. J'ai répondu :

« Oui... je crois... ça va... » et j'ai fermé les yeux pour qu'elle me laisse seule.

Je ne me suis pas rendormie. J'ai imaginé tes parents pendant le génocide. Je crois que ton père aurait fait un très bon banquier. Il n'a jamais rien eu contre moi, les Noirs, les Tutsis ou je ne sais qui d'autre. Il a quelque chose contre « ce qui ne se fait pas » et se marier avec une Noire ne se fait pas. La femme du Président, les ministres, les hommes d'affaires seraient venus le trouver en lui disant que les caisses de l'État étaient vides, que le travail coûtait cher, qu'il fallait payer les primes des Interahamwe, des soldats, que le peuple était fatigué, qu'il fallait le transporter, lui offrir des bouteilles de Primus, etc. Ton père aurait fait ce que tous les banquiers rwandais ont fait : prêter de l'argent pour qu'on ne passe pas à côté de cette chance historique.

Ta mère, je ne sais pas. Elle n'a jamais cessé d'aimer ton père. Cet amour m'est incompréhensible, mais il dure depuis cinquante ans. Elle loue « son bon sens » – ton père n'en a aucun –, « sa gentillesse » – il n'est gentil qu'avec ceux de sa caste –,

« son travail à la banque » – il fait le minimum pour qu'on ne l'ennuie pas. Pendant le génocide, elle aurait trouvé le moyen de ne pas voir les activités de ton père. Mais je crois qu'elle aurait aussi trouvé un moyen de sauver des Tutsis. Il y a comme un désaccord en elle.

Enfin... on ne sait jamais comment les gens rencontrent le génocide. Regarde nos voisins, Justin et Eugénie. J'ai joué toute mon enfance chez eux avec leurs filles. Justin était très gentil avec moi, il allait toujours nous chercher de l'eau quand nous avions couru. Eugénie était plus froide, elle me disait tout juste bonjour. Quelques années avant le génocide, elle dit à ses filles : « Maintenant, il ne faut plus jouer avec les Tutsis. » Je ne remis jamais les pieds chez eux.

Le premier jour du génocide, Justin est allé comme tout le monde à l'église. Il nous a coupés. Le soir, il est rentré tout fier chez lui en rapportant des robes de Tutsies. Eugénie lui a dit : « Tu n'as pas honte ? » et elle l'a mis dehors. Tu te rends compte ? Elle l'a mis dehors ! Elle n'était pas plus riche que lui. Elle a pris une autre parcelle. Elle a gardé ses filles. Et, jusqu'à aujourd'hui, elle ne l'a jamais revu. Elle ne le critique pas. Elle ne parle pas de lui. Simplement, elle ne veut plus le voir. À chaque anniversaire du génocide, *La Tribune* ressort le portrait d'« Eugénie, la Juste de Massongo » et, chaque année, moi qui ne lis jamais un journal, je le relis.

Regarde Jean-Eude et Prudence. Je les revois marcher bras dessus bras dessous dans la cour du lycée. Si tu avais vu comme ils étaient fiers. Elle, auréolée de son titre de « plus jolie fille du lycée », et lui dont les chemises semblaient éclater sur ses muscles. Chaque fois que je les croisais, je me disais que j'aurais été bien mieux au bras de Jean-Eude que cette cruche de Prudence.

Tu sais ce qu'il est devenu, Jean-Eude ? Lui dont le père était un puissant homme d'affaires tutsi au Burundi et la mère hutue. Lui qui avait réussi à faire marquer « Hutu » sur sa carte d'identité en achetant les services du bourgmestre. Il est devenu chef des jeunes Interahamwe de Massongo.

JEAN-FÉLIX DE LA VILLE BAUGÉ

Tu sais ce qu'il a fait pendant le génocide ? Il n'a pas eu un geste pour Prudence. Certains racontaient dans le camp que, pour tester sa bonne foi, le bourgmestre lui avait ordonné de la couper lui-même. Je ne sais pas si c'est vrai mais, en tout cas, Prudence, toute belle qu'elle était, « la future Miss Massongo » comme elle se présentait, sa beauté ne lui aura servi à rien, elle a été coupée comme tout le monde. Notre beauté a toujours été inutile. Je me demande même si ce n'est pas elle qui a causé tous nos problèmes.

Ce qui m'étonne chez ton père, c'est qu'avec ce calvinisme dont il nous rebat les oreilles, il ne se soit jamais excusé. Une fois notre mariage passé, il aurait pu me dire : « Je m'excuse, Magnifique. Je t'ai mal accueillie dans la famille », mais non... Il vient tous les dimanches déjeuner à la maison, nous allons en vacances à la Bastide, je le vois aux mariages, aux enterrements, il me dit bonjour parce que je suis ta femme, mais jamais un mot de plus. Quand nous nous retrouvons tous les deux dans le jardin, il a toujours quelque chose d'urgent à faire dans la maison. Je me demande si ton père n'est pas un peu hutu. Eux non plus ne se sont jamais excusés.

Ceux qui s'avançaient sur nous dans l'église, nous les connaissions. Dehors, il y avait des gendarmes, des militaires, des fonctionnaires, des Interahamwe envoyés par Kigali, mais dans ce groupe qui s'avançait sur nous, il y avait Alphonse, le chef de l'administration communale de Massongo.

Mon père me l'avait montré une fois de loin : « Celui-là, ne t'en approche jamais. Il est terrible. »

Mon père avait eu affaire à lui peu avant pour une histoire de dégâts de bétail, la sempiternelle lutte entre cultivateurs hutus et éleveurs tutsis. Alphonse présidait une réunion à la mairie avec les habitants concernés. Les Hutus s'étaient assis, criaient très fort qu'ils en avaient assez de ces vaches qui détruisaient leurs cultures. Les Tutsis ne disaient rien, debout, dans un coin, murmurant, souriant parfois.

Tout le monde attendait que le président de séance annonce la décision. Alphonse s'était alors tourné vers les Hutus et leur avait dit, rigolard : « Ne vous inquiétez pas pour les dégâts, bientôt, il n'y aura plus de vaches... »

Alphonse était frustré de finir sa carrière en tant que chef de l'administration communale de Massongo. Il claironnait qu'il n'avait pas eu les postes qu'il méritait à cause des Tutsis qui, « toute sa vie, lui avaient barré la route ». C'est presque drôle quand j'y pense. Les Tutsis ne barraient la route de personne depuis longtemps et surtout pas celle des Hutus. L'administration, l'université, les affaires – à quelques exceptions près – leur étaient interdites.

Il y avait Justin, notre voisin dont je t'ai parlé.

Il y avait Iréné. Il n'avait pas d'âge, pas de famille ni de parcelle. Il donnait des coups de main à droite, à gauche. Il était presque toujours devant le cabaret de Joséphine. Il y en avait peut-être d'autres que je ne voyais pas ou ne connaissais pas.

Ils s'avançaient tous les trois sur nous. Alphonse, grand, maigre, déjà un peu âgé, marchait devant, déterminé, il coupait comme on tape à la machine. Justin, encore jeune, athlétique, un peu en retrait, s'appliquait. On aurait dit qu'il dégageait sa parcelle, il semblait connaître le travail à merveille, il coupait sereinement. Iréné, derrière, petit, râblé, la machette en l'air, semblait chercher quelque chose ou quelqu'un ou peut-être ne savait-il pas par où commencer devant l'abondance de gibier.

Derrière eux, j'aperçus le curé, il avait le geste moins sûr.

Ils auraient pu s'excuser tous les quatre, il y a eu des articles sur moi dans la presse suisse, rwandaise, on trouve mon mail sur Internet. Encore Iréné était un peu limité, mais Justin et surtout Alphonse et le curé savaient très bien écrire. Mais non, depuis vingt-huit ans, rien.

Je ne parle pas des pardons de confort. Quand on a coupé toute la famille de son voisin et que, hélas, on en a oublié un, qu'il revient sur la parcelle et que tous les jours, on le croise, on peut avoir envie de demander pardon. Pas parce qu'on regrette – je n'ai jamais entendu de regret chez les Hutus –, non, parce que quand vous avez coupé toute une famille, c'est déplaisant de voir la seule personne que vous avez ratée, ça vous rappelle que vous n'êtes pas un bon travailleur, que vous n'avez pas fini le travail, qu'il reste des Tutsis, et donc des problèmes. Du coup, vous dites à cette pauvre fille ou à ce pauvre garçon que vous êtes désolé, vous n'allez pas jusqu'à vous excuser mais vous faites mine de demander pardon. La pauvre fille ou le pauvre garçon vous l'accorde bien volontiers et, comme ça, quand vous le croisez ensuite, c'est moins gênant.

Je parle de véritables excuses :

« J'ai coupé à la machette des hommes, des femmes, des enfants qui vivaient à côté de moi.

J'ai fait ce qu'aucun animal ne fait.

Je l'ai fait tous les jours de huit heures du matin à quatre heures de l'après-midi. Pendant cent jours.

Je rentrais ensuite dîner chez moi avec ma femme et mes enfants.

Parfois, je leur rapportais de la viande, parfois des jouets ou des vêtements volés dans les maisons de ceux que je tuais.

Je me racontais et me raconte encore aujourd'hui que nous pensions ainsi résoudre tous nos problèmes, que nous n'avions pas le choix, que nous pouvions être punis de mort si nous ne le faisions pas, que tout le monde au village le faisait.

Je prends conscience de ce que j'ai fait et, vous, survivants, je vous demande pardon, je vous demande pardon pour vous et pour tous vos proches que j'ai tués de mes mains, pour vos maris, vos femmes, vos enfants, vos parents, qui ne m'avaient rien fait et que j'ai coupés à la machette. »

Mais jamais Hutu n'a formulé une telle demande. Parce que s'excuser – je le découvre en t'écrivant –, c'est retourner vers son acte.

Ils préfèrent s'échapper, s'éloigner de ce qu'ils ont fait, penser à autre chose, se plaindre aussi : « Ah ! c'était dur, il fallait courir toute la journée... dans le marais... sous le soleil... Ah ! les Tutsis couraient... Ah ! on était forcés... on n'avait pas le choix... », dire qu' « ils n'étaient pas eux-mêmes pendant le génocide »... Ah oui ? ils n'étaient pas eux-mêmes ? Et le soir, quand ils rentraient dîner en famille après nous avoir coupés, ils n'étaient pas eux-mêmes ? Quand ils passaient la main sur la tête de leurs enfants après avoir fait éclater à coups de gourdin la tête d'enfants tutsis, ils n'étaient pas eux-mêmes ? Quand ils faisaient l'amour à leur femme après nous avoir violées et mis un tesson de bouteille dans nos vagins, ils n'étaient pas eux-mêmes ?

Aujourd'hui, Alphonse, Iréné, Justin vivent tranquillement à Massongo. Et le curé a disparu… Quand il a été poursuivi par le Tribunal pénal international pour avoir incité ses paroissiens tutsis à se réfugier dans l'église et participé en personne à leur massacre, il a déclaré qu'il l'avait fait « sur ordre de l'évêque ». Le Vatican ne voulait pas qu'un prélat se retrouve devant un tribunal des Nations Unies. Il a procuré au curé une fausse identité et une paroisse en France. Il y vit bien au chaud aujourd'hui.

Les Français non plus ne se sont pas excusés. Je ne t'ai jamais raconté le goûter chez les Bernot. Il y a quelques années, je me suis retrouvée seule à la Bastide avec ton père. Comme son bras l'empêchait de conduire, il m'a demandé de l'accompagner à un goûter chez « le général Bernot, un voisin délicieux ».

Il me planta dès l'arrivée pour aller discuter avec madame Jansen, la grosse Américaine, tu sais, qui lui fait de l'œil. Le général s'approcha de moi :

— Je suis très heureux de faire votre connaissance, votre belle-mère m'a beaucoup parlé de vous, Évelyne est une femme que j'admire beaucoup.

— Moi aussi, répondis-je, gênée par la douceur de son ton.

— Évelyne m'a dit que vous veniez du Rwanda, c'est un pays que j'ai bien connu, enfin… peut-on prétendre connaître un pays quand on y a servi ? En tout cas, j'ai eu la chance de participer à l'opération Turquoise.

— Oui, répondis-je sans réaliser ce qu'il venait de dire.

— Turquoise fut une superbe opération…

Je me sentis paralysée d'un coup, comme le premier soir dans le marais avec Jean-de-Dieu.

— C'était un peu nouveau pour nous, militaires, cette opération humanitaire. Vous comprenez… Nous sommes… des hommes de guerre, oui, cela va peut-être vous sembler idiot…

— Non, lui dis-je malgré moi.

— Nous n'avions, jusque-là, été entraînés qu'à la guerre. Pendant notre préparation à Saint-Cyr, nous dévorions les récits de batailles. À Saint-Cyr, nous apprenions l'histoire et les techniques de la guerre, comme lieutenant, capitaine, commandant, j'apprenais à diriger des hommes au combat, j'ai même fait « l'École de guerre » pour devenir général...

— Oui, dis-je encore malgré moi.

— Et puis, cette opération Turquoise est arrivée. Il s'agissait non plus de transporter des soldats, des armes, des véhicules blindés, mais d'éloigner des millions de gens des zones de combat, de transporter des dizaines de milliers de tonnes de nourriture pour leur distribuer...

— Oui, répétai-je.

— Il fallait non plus anticiper les mouvements d'une armée adverse, mais de millions de réfugiés. Ce n'est pas à vous que je vais apprendre que les mouvements de cette foule pouvaient occasionner des dizaines de milliers de morts simplement par écrasement, faim, soif, épidémies...

— Oui, dis-je encore.

— Nous voyions ces hordes sur les routes,

dans les forêts, partout, des gens qui semblaient n'aller nulle part...

— C'étaient des Hutus, parvins-je à dire.

— Des Hutus, des Tutsis, je dois vous avouer que nous ne faisions pas la différence, nous étions comme submergés par ce que nous voyions, ces hommes, ces femmes, ces enfants surtout, des enfants qui marchaient seuls...

— Encore avaient-ils la chance de marcher.

— Vous avez raison, nous commencions à découvrir l'ampleur des massacres mais, comprenez-nous, nous ne nous occupions que de ce que nous voyions.

La petite voix réapparut à cet instant et dit : « Pars », mais je n'arrivais pas à remuer un pouce.

— Nous nous en sommes bien sortis, je crois. Des millions de réfugiés ont pu passer en bon ordre au Congo. Des milliers, peut-être des dizaines de milliers de vies ont été sauvées...

MAGNIFIQUE

La petite voix répéta : « Pars », mais je ne parvenais pas à bouger.

— Enfin... aujourd'hui, tout ça est loin... Je vais vous faire une confidence, Magnifique. Vous m'autorisez à vous appeler Magnifique ?
— Oui... dis-je toujours incapable de bouger.
— Aujourd'hui, ce que j'aime, c'est m'occuper de mon potager, j'essaye de nouvelles espèces, les tomates, il en existe des dizaines de variétés, je viens de planter des Géorgiennes, elles sont superbes, rouge foncé, presque bordeaux, comme mes mocassins ! Je les ai plantées en « grimpantes », elles ont dépassé les tuteurs ! On ne voit même plus le champ en contrebas ! Et pourtant, il est superbe lui aussi, un long rectangle jaune grillé par le soleil entouré de buissons d'aubépines verts, on dirait un tableau... Mais ce que j'aime par-dessus tout, vous savez, c'est entendre mes petits-enfants sauter dans la piscine. Quand je suis dans la maison en train de lire les horreurs du monde dans le journal, j'entends leurs cris, ils sont treize, ça fait un raffut ! et je souris

comme un nouveau-né malgré mes quatre-vingts ans ! dit-il en partant d'un rire aigu.

Je lui dis qu'une urgence m'obligeait à rentrer à Genève. Je demandai à madame Jansen si elle ramènerait ton père, elle eut l'air ravie. Dans la voiture, j'éclatai en sanglots. Je pleurai jusqu'à Manosque sans comprendre pourquoi.

Et puis... en rejoignant l'autoroute, je me rappelais ce qu'on disait de Turquoise dans le camp. Nous savions – tout le monde savait – que les Français assistaient l'armée rwandaise. Nous savions que ce soutien s'était accru depuis le début de la guerre contre le FPR. Nous le savions d'autant plus que des soldats français entraînaient le régiment de Massongo. Nous les voyions, le soir, acheter des bières chez Joséphine. Ça ne nous dérangeait pas, nous n'étions ni pour l'armée rwandaise, ni pour le FPR, nous étions pour vivre paisiblement sur notre colline. Mais ce qui nous avait dérangés dans cette opération Turquoise, c'est qu'on nous prenne pour des imbéciles.

Entre avril et mai 1994, nous fûmes massacrés tous les jours par l'armée rwandaise – c'est un camion militaire qui a amené les Interahamwe devant l'église de Massongo, ce sont des soldats qui bloquaient les fenêtres pendant qu'on nous coupait, c'est un colonel de gendarmerie qui donnait les ordres aux Interahamwe devant l'autel. Les Français savaient heure par heure ce qui nous arrivait grâce à leurs soldats sur place, mais ils n'ont rien fait pour l'empêcher.

Et puis, en juin 1994, ils ont déclenché cette opération Turquoise. Son objet était de créer une « zone humanitaire sûre », c'est une appellation qui nous a toujours fait sourire – faut-il être nous pour en sourire. La zone en question était très sûre, nous étions presque tous morts... Je crois qu'elle visait surtout à venir en aide à leurs alliés hutus.

Sur l'autoroute, j'imaginais un autre goûter... Nous buvions du punch en écoutant distraitement les cris des petits-enfants du général qui sautaient dans la piscine, qui couraient dans le champ derrière les haies de tomates.

Des hommes sortaient des buissons, des voisins, des paysans du coin. Alors que nous nous servions de grands verres de punch, ils se disposaient autour du champ. Les enfants commencèrent à courir. Les paysans avançaient lentement en se resserrant. Certains enfants se retrouvèrent au milieu d'eux. En maillot de bain. Dégoulinants d'eau. Ils ne comprenaient pas pourquoi on les encerclait. Ils connaissaient ces gens. C'étaient les voisins.

Les voisins les coupèrent. Ils montraient moins d'assurance que les Hutus dans l'église, mais c'étaient des paysans du Haut-Var plus habitués au maniement du tracteur qu'à celui de la machette.

On entendait vaguement des cris derrière le potager, mais on n'y prêtait pas attention, les enfants devaient faire un cache-cache de tous les diables dans le champ. On se resservit de grands verres de punch.

MAGNIFIQUE

Les paysans s'approchèrent de la piscine. Les enfants qui avaient réussi à s'échapper du cercle avaient sauté dans l'eau en criant – des cris tout autres que ceux que décrivait le général. Pour prévenir une noyade de ses petits-enfants, le général avait fait construire une piscine très peu profonde. Les voisins avaient de l'eau jusqu'à la taille, ils purent continuer à couper dans la piscine.

En passant la douane de Bardonnex, je voyais une eau rouge sur laquelle flottaient des morceaux de viande comme dans les reportages sur la chasse à la baleine au Japon. Ce doit être pour ça que le douanier m'a regardée d'un air étrange, mais il ne m'a pas arrêtée.

En traversant Cologny, je voyais les paysans s'approcher des invités, couper madame Jansen – ils donnaient de grands coups de machette, mais il y avait des couches et des couches de graisse comme dans une baleine. Ils commencèrent à couper les invités en avançant comme les Hutus dans l'église, calmement, méthodiquement. Ils s'arrêtèrent devant le général. Ils le connaissaient.

C'était leur voisin après tout.

Je le voyais se tenir droit devant eux. Avec ses cheveux courts, sa raie sur le côté, sa chemisette à rayures bleues, son pantalon gris, ses mocassins bordeaux. Je voyais les paysans autour de lui, les vêtements trempés. Il y eut comme une attente.

Quand ils coupèrent les pieds du général, il poussa des cris aigus, des hurlements de femme folle.

Celui qui semblait être leur chef s'approcha de la générale. Il avait, dans chaque main, un pied coupé à hauteur de la cheville chaussé d'un mocassin bordeaux. Elle avait l'air terrifiée, non par l'avancée de ce type sur elle, mais par les cris de son mari.

En manœuvrant pour passer la grille de la maison, je voyais la scène de plus en plus lentement. Le chef s'approchait de la femme du général. Il mettait les pieds encore chaussés de mocassins devant son nez et lui disait : « Tiens, sens l'odeur de la mort. » Je voyais les yeux de la générale qui suppliaient de sortir de leur orbite.

MAGNIFIQUE

C'était une vieille femme toute maigre, pas du tout consommable, ils la coupèrent tout de suite.

En ouvrant la porte de la maison, je me disais que si *Var Matin* avait titré : « Le général Bernot et sa famille coupés à la machette par leurs voisins », les Français auraient peut-être compris ce qu'ils avaient fait au Rwanda.

Tu lisais, allongé sur le canapé du salon, *La Vie des chenilles.* Jérôme, quand on est directeur du CICR, on lit des livres sur la faim en Afrique, le conflit au Moyen-Orient, pas sur les chenilles !

Tu m'as regardée. Ton sourcil s'est déporté très haut sur la gauche, l'extrémité droite de ta bouche est descendue très bas, le fil invisible qui les relie tous deux s'est tendu au maximum.

Je voyais les deux pieds coupés chaussés de mocassins bordeaux.

Tu semblais imaginer ce que je voyais. Je me suis dit : « Je lui raconte tout maintenant, l'église, le marais, le goûter, tout... » Mais rien n'est sorti.

Tu t'es assis sur le canapé. Tu as eu, je crois, envie de me dire : « Ah ! ça me fait plaisir de te voir, mon amour, je ne pensais pas que tu rentrais aujourd'hui », et puis, en me regardant, tu as dû penser que ce ne serait pas suffisant.

Je revoyais le cadavre de la femme du général mais, à la place de sa tête, il y avait les mocassins qui faisaient comme deux énormes oreilles bordeaux.

Tu m'as demandé, très sérieux :

— Tu sais que chaque espèce de chenille a sa façon de se tortiller ?

Je n'ai pas compris ta question.

— Ce Kurt Griensen a consacré sa vie aux chenilles, il les a étudiées pendant quarante ans, c'est pas de la blague, ce livre...

Je ne comprenais pas ce que tu disais.

— On pourrait penser que ce sont des animaux

idiots qui passent leur vie à se tortiller en attendant de devenir papillon... Eh bien, pas du tout ! Elles se parlent entre elles, elles se racontent plein de trucs, les risques en présence, les endroits où il fait bon déjeuner, un peu comme nous...

J'ai commencé à sourire.

— Voilà le passage que je cherchais : « Certaines espèces se tortillent d'un mouvement qui part de la tête, d'autres qui part de la queue sans qu'il soit possible de déceler, au premier chef, l'origine du tortillement... »

J'ai commencé à rire.

— « Il m'a fallu des années d'études avant de pouvoir prouver qu'un tortillement partait de la queue... » Tu vois, il y va fort, ce Griensen.

Je n'arrivais pas à m'arrêter de rire.

Bien sûr, j'aurais dû la refuser, cette émission. En vingt-cinq ans, j'avais trouvé comment éloigner les souvenirs : balayer les feuilles mortes, retourner les plates-bandes du jardin, déneiger l'allée, faire des confitures... Dans ces cas-là, tu me regardes en souriant... Je ne t'ai jamais raconté, mais tu sais très bien contre quoi je lutte.

Si j'ai accepté, c'est parce que j'avais un peu honte. Nous avions quatre enfants en parfaite santé. Ils étaient bons élèves. Nous habitions une grande maison à Cologny, nous passions nos vacances au chalet ou à la Bastide. Tu étais directeur du CICR à cinquante et un ans. Je me disais que, pour tous ceux qui avaient fini comme un tas d'habits au bord des routes, je devais y participer.

Et puis... je sais bien que les rescapés tutsis sont retournés chez eux après le génocide. Parce qu'ils n'avaient nulle part où aller, aucun Suisse pour les épouser. Je sais que, sur la colline, il faut bien vivre, il faut bien revoir ceux qui ont massacré votre famille, les croiser, leur dire bonjour, supporter qu'ils se fichent de ce qu'ils ont fait. C'est pour eux, surtout, que j'ai accepté.

La journaliste m'avait appelée un après-midi :

— Bonjour, madame Auskl, je suis Brigitte Caulin, présentatrice du Direct Soir à la TSR. Nous avons eu connaissance de votre histoire et l'avons trouvée fascinante. Nous voudrions vous inviter à notre prochain débat qui sera consacré au vingt-cinquième anniversaire du génocide rwandais.

Quand elle a dit « génocide rwandais », j'ai pensé aux enfants d'Honorine au bord du chemin : Carène, Linda, Rebecca, Nadège, Patrick,

Jean-Pierre. J'écris leurs prénoms pour qu'il reste quelque chose d'eux, c'est peut-être surtout pour eux que j'écris.

— Madame Auskl... Madame Auskl ? Vous êtes toujours là ?
— Oui, oui, je suis là.
— Nous savons ce par quoi vous êtes passée et nous imaginons...

« Personne ne peut imaginer, surtout pas une Suissesse », avais-je pensé.

— Comment connaissez-vous mon histoire ? l'interrompis-je.
— *La Gazette du camp.*
— La quoi ?
— L'interview que vous aviez donnée à *La Gazette du camp.*

J'avais complètement oublié cette affaire, peut-être pas toi.

Henri, le chirurgien du CICR, était venu me voir à l'hôpital du camp. Une ONG norvégienne avait financé un journal visant à « favoriser la communication entre les rescapés pour leur permettre d'effacer les blessures du passé et de reprendre une vie normale... » Fallait-il être dans un bureau à Oslo pour imaginer une chose pareille !

Henri tournait autour de mon lit : « Le CICR a un petit déficit de communication en ce moment ou plutôt... notre mission a un petit déficit de communication vis-à-vis des autres missions et, comme c'est la période des budgets, un article dans la presse nous ferait le plus grand bien... Ça nous aiderait si vous pouviez donner cette interview en tant que patiente d'un hôpital du CICR – vous direz, bien sûr, ce que vous voulez, vous pouvez vous en tenir à des généralités, vous pouvez même ne rien dire ! » J'avais souri en me demandant comment donner une interview en silence ! Si je ne survis pas à cette opération, tu diras à Henri que je lui dois l'un de mes premiers sourires.

Henri m'a sauvé la vie. Il y avait toi, bien sûr, mais Henri et ses infirmières sont mes sauveurs. Sans eux, je serais morte ou à moitié folle dans un asile au Rwanda ou ailleurs. J'aurais tout fait pour lui. J'avais évidemment accepté.

Et puis... Henri... l'infirmière belge, Dana, m'avait raconté une histoire sur lui. Je ne suis pas sûre que tu la connaisses. Avant de travailler à l'hôpital du camp, Henri était coopérant dans un hôpital de Kigali avec Dana. Ils comprirent avant tout le monde qu'un génocide était à l'œuvre. Dès le 6 avril, on leur amena des enfants sans bras, sans mains, des hommes sans jambes, des femmes sans nez avec des tessons de bouteille dans le vagin... Un jour, une femme mourut sur la table d'opération. Dana commença à ranger les instruments. Henri lui dit : « On continue. On ne va tout de même pas la laisser aller là où elle doit aller avec un tesson de bouteille. » C'est pour ça aussi que j'avais dit oui à Henri.

Quelques jours plus tard, un expatrié norvégien

était venu m'interviewer. Un grand type tout maigre aux cheveux longs, blonds comme je n'en avais jamais vu. Avec des yeux bleus presque transparents, on ne voyait pas où ils commençaient ni finissaient, un peu comme les failles du glacier de Grindelwald l'été.

J'ai répondu à ses questions, et puis j'ai oublié cette interview mais, tu vois, la Réconciliation Norvégienne, non.

— Nous avons trouvé votre interview sur le site de la RN et elle nous a semblé très intéressante.

— Ah...

— Vous y évoquez le cauchemar que vous avez traversé...

— Oui...

— Le sujet de l'émission sera : « Vingt-cinq ans après le génocide, quelle réconciliation ? » C'est donc avec un chercheur spécialiste de cette question que nous vous ferons dialoguer.

Je revoyais Honorine au bord de la route.

— Madame Auskl ?
— Oui... dis-je en entendant les cris de Joseph quand on lui avait coupé les pieds.
— Je comprends, bien sûr, que ce ne soit pas une décision facile.

Je me dis qu'elle ne pouvait rien comprendre. Elle travaille dans les studios derrière le palais des Nations, elle rentre le soir à Coppet ou Prangins. Elle doit vivre dans une maison entourée de voisins très paisibles... Je voyais Honorine sur le haut du tas. Les pieds de Joseph à côté...

— Madame Auskl ?
— Oui.
— Je me propose de vous appeler demain pour que vous nous fassiez part de votre décision. L'émission se passe en direct, mardi prochain...
— Oui...
— Je vous rappelle demain à la même heure, ça vous convient ?
— Oui...

— Merci, madame Auskl, à demain donc.
— À demain.

Elle a raccroché. J'ai gardé le combiné sur l'oreille. Je n'entendais pas la tonalité. J'entendais mes cris sur la route : « Joseph ! », « Honorine ! », je criais leurs prénoms devant eux, devant les pieds de Joseph, posés à côté de la tête d'Honorine... J'entendais ces cris. Là. Dans le téléphone blanc. Devant la chaise en velours vert. Dans cette maison si calme. Au bord de ce lac si calme. Dans ce pays si calme... Tandis qu'Apollonia apostrophait ses Playmobil à mes pieds.

C'est le babillage d'Apollonia qui m'a ramenée à la vie. C'était de mauvais augure, cette scène qui ressurgissait, mais tu sais que je ne crois pas aux augures. Je me disais qu'il fallait faire cette émission pour Joseph, Honorine, Rebecca, Nadège, Carène, Linda, Jean-Pierre, Patrick, pour les pieds de Joseph, pour tous les autres tas...

Je suis allée retourner la première plate-bande du potager mais, hélas, ça n'a pas fonctionné.

Je bêchais, je bêchais, je « bêchais comme un Hutu » ! J'ai même retourné la seconde plate-bande, mais les souvenirs étaient plus forts cette fois, les pieds de Joseph, à côté de la tête d'Honorine, les petits corps de Jean-Pierre, Patrick, Carène, Rebecca, les corps, hélas, beaucoup plus grands de Linda et Nadège, un peu plus loin, ne voulaient pas s'éloigner.

Quand je t'ai demandé ton avis le soir, tu m'as dit : « Si tu veux participer à ce débat, fais-le, sinon ce n'est pas grave... » C'est ta phrase, ça !
Tu te souviens comme j'ai mal dormi la veille de l'émission ?

Quand je me suis assise sur le plateau, mes mains et surtout mes jambes se sont mises à trembler. Heureusement, la caméra ne filmait que les visages.

—Magnifique Auskl, vous avez quarante-deux ans, vous vivez à Genève, vous êtes rescapée du génocide rwandais. Grégoire Kabiasora, vous avez trente ans, vous êtes chercheur au Centre de défense de la culture hutue à Bruxelles. Vous êtes tous les deux avec nous ce soir, en direct dans nos studios de Genève, pour répondre à la question : « Vingt-cinq ans après le génocide, quelle réconciliation ? »

Je n'arrivais pas à calmer mes tremblements. Je ne parvenais pas à boire, mes dents cognaient sur le rebord du verre d'eau. Je tentais de penser au gazon qui descend légèrement vers le garage, à l'apostrophe d'Apollonia à ses Playmobil : « Bon, ça suffit les enfants, maintenant on monte dans la voiture ! » mais mon cou se mit à trembler à son tour. Ça devait se voir puisque tu as laissé les filles à cet instant pour venir me retrouver dans le studio. La journaliste continuait :

— Il y a vingt ans, le 6 avril 1994, l'avion du président rwandais était abattu au-dessus de Kigali, le génocide commençait. Pendant trois mois, de 800 000 à 1,2 million de personnes furent massacrées, en majorité des Tutsis, mais également des Hutus modérés opposés au pouvoir hutu en place. Les massacres prirent fin à la mi-juillet 1994 avec la conquête de l'ensemble du pays par le Front patriotique rwandais. Madame Auskl, selon vous, comment de tels évènements ont-ils été rendus possibles ?

— C'est très difficile de répondre à cette question... répondis-je.

— Bien sûr... mais dans l'interview que vous aviez accordée à la revue de la Réconciliation norvégienne après le génocide, vous estimiez qu'il était dû à « la diabolisation permanente des Tutsis par le pouvoir hutu entre les années 60 et les années 90 ».

— Je crois que personne ne le nie, dis-je.

— Si... moi, dit mon contradicteur auquel je n'avais pas prêté attention jusque-là, occupée à lutter contre mon tremblement.

Il dit : « Si... moi » avec le même air que notre professeur de physique, le même air que ton père quand tu lui as annoncé notre mariage, comme si je n'étais pas là, ou plutôt comme si ce serait tellement mieux si je n'étais pas là. Il fit pivoter son siège vers la présentatrice en me tournant le dos pour continuer.

— Je crois qu'il faut aller chercher plus loin

dans l'histoire de notre pays pour comprendre ce qu'il s'est passé en 1994. Les Hutus et les Twa habitaient originellement le Rwanda tandis que les Tutsis sont arrivés des siècles plus tard, depuis la vallée du Nil. Les Tutsis ont instauré des royautés et ont cantonné Hutus et Twa aux tâches subalternes tandis qu'ils...

— ... prenaient des bains de lait ! parvins-je à dire mais, à la fin de « lait », ma mâchoire se figea.

— Pas exactement... mais les Tutsis concentraient tous les pouvoirs : économique, politique, social... Les familles royales étaient tutsies, les charges d'État allaient aux Tutsis, les grands troupeaux appartenaient aux Tutsis...

— Vous oubliez l'immense majorité des Tutsis qui élevaient leurs vaches et qui n'étaient pas plus riches que les Hutus, parvins-je encore à dire mais, au milieu de « Hutus », ma mâchoire se bloqua de nouveau.

— Cela n'enlève rien au fait que les Hutus furent opprimés par les Tutsis pendant des siècles. Du coup, quand le FPR a attaqué le Rwanda le

1ᵉʳ octobre 1990, a conquis la moitié du pays et est arrivé à quatre-vingts kilomètres de Kigali, la population hutue a senti l'oppression tutsie revenir. Alors, avec ses moyens – qui sont archaïques, allez-vous me dire, mais ce sont les moyens d'un peuple opprimé pendant des siècles par les Tutsis puis par le colonisateur belge –, il a réagi. Je crois que ce serait une erreur de voir dans les évènements de 1994 la main du pouvoir. J'y vois, pour ma part, un soulèvement populaire contre une nouvelle oppression tutsie.

— Cette thèse n'est-elle pas contredite par l'aspect pratique du génocide ? demanda la journaliste.

— C'est-à-dire ? demanda le chercheur.

— Pour tuer à l'arme blanche de 800 000 à 1,2 million de personnes en cent jours, il faut que cela ait été pensé, prévu, organisé. Avant le génocide, il a fallu des fonds pour acheter des centaines de milliers de machettes, des dizaines de milliers de transistors, des autorisations administratives pour les importer, des transporteurs pour les acheminer dans chaque village, des gens pour les recevoir et les stocker dans des endroits sûrs. À partir du déclenchement, il a fallu que les militaires encadrent les administrations communales et les milices pour que, chaque jour, chaque Hutu puisse tuer son quota de Tutsis. Le gendarme ne s'occupe plus de la circulation mais d'encadrer les miliciens, le milicien ne va plus à son travail mais il va encadrer la population, l'agriculteur cesse de cultiver son champ, l'instituteur ne fait plus classe, ils partent à la chasse à l'homme. Il faut coordonner ces gens, ces administrations. En un mot, le pays a dû s'arrêter de fonctionner normalement pour ne se consacrer qu'au génocide. Cela n'est possible que si tous les services de l'État sont mobilisés pour atteindre cet objectif.

— Vous semblez oublier, madame Caulin, qu'un État ne peut rien contre la volonté de son peuple, il peut tout au plus être un barrage, mais il ne peut en aucune manière contenir un fleuve déchaîné.

— Mais l'État n'a pas contenu, il a organisé et orchestré ! Il voulait exterminer tous les Tutsis, parvins-je à dire en me battant contre ma mâchoire.

— On ne peut rien contre la colère du peuple... asséna le chercheur sans me regarder.

— Heureusement que le FPR l'a empêché d'arriver à ses fins, parvins-je à articuler.

— En êtes-vous sûre ? poursuivit le chercheur toujours sans se retourner vers moi.

— Je crois en être la meilleure preuve, dis-je.

— En êtes-vous bien sûre ? me demanda-t-il toujours tourné vers la présentatrice.

— Ce sont des hommes du FPR qui m'ont sauvée, répondis-je en revoyant ces deux soldats tombés du ciel sur la route de Massongo.

— Mais ces soldats du FPR, n'auraient-ils pas pu arriver... avant ?... insinua-t-il.

— Ce n'est pas une question que je me posais, j'étais sous la terre, répondis-je.

— Oui, mais maintenant que vous n'êtes plus sous terre, lâcha-t-il comme si j'étais partie en vacances pendant le génocide, ne pensez-vous pas que les hommes du FPR ont un peu... traîné ?

— Je... commençai-je, mais mon tremblement reprit et je ne savais, de toute façon, pas quoi répondre.

— Je vais vous confier ce que je pense sur ce point, dit le chercheur à la journaliste. Entre le 6 avril 1994 et la mi-juillet 1994, le FPR de monsieur Kagame est maître de la moitié du pays, il stationne à quatre-vingts kilomètres de Kigali, il a au moins un informateur par village, il sait minute par minute ce qu'il se passe... Et que fait-il ?

— Que fait-il ? lui demanda la journaliste.

— Il attend... C'est extraordinaire ! Ça fait trente ans que les Tutsis tentent de reprendre le pouvoir au Rwanda, ils ont d'ailleurs commis plusieurs tentatives qui se sont heurtées à la résistance du peuple hutu et, quand le pays est à portée de main, avec une armée surentraînée et suréquipée, ils attendent... Et pourquoi attendent-ils, à votre avis ?

— Pourquoi ? répéta la journaliste.

— Pour que d'autres fassent le travail à leur place, répondit le chercheur.

— Mais comment ça ? parvins-je à articuler,

mais mon cou poussait ma tête en arrière, je tentais de la faire revenir en avant.

—Je pensais qu'une rescapée sauvée par le FPR le savait... mais je vais vous l'apprendre... Le FPR composé de Tutsis de l'extérieur attendait que les Tutsis de l'intérieur aient fini de se faire massacrer...

— Mais comment pouvez-vous affirmer une chose pareille ? dit la journaliste.

—Je le dis parce que c'est la vérité, dit le chercheur.

— Mais enfin, les articles, les livres montrent que le FPR a mis fin au génocide, répliqua la journaliste.

J'essayais de répéter que j'avais été sauvée par l'intervention du FPR, mais ma mâchoire m'empêcha de nouveau de parler.

— Il y aurait beaucoup à dire sur certains articles ou livres, mais ce n'est pas l'objet de ce débat. Certains estiment que le FPR étant soutenu par les États-Unis et l'armée rwandaise par la France, il ressortit de discussions entre Français et Américains que, pour éviter une confrontation indirecte entre deux grandes puissances, le FPR allait stopper sa progression vers Kigali, le temps que les grands trouvent un accord. C'est une théorie, elle a ses soutiens, j'en ai, pour ma part, une autre... Le FPR est composé de Tutsis de l'extérieur, ce sont les enfants des Tutsis qui ont fui le pays dans les années 50, 60. Ces Tutsis de l'extérieur ont le plus profond mépris, je dirais même une aversion pour les Tutsis restés à l'intérieur. Ce sont, à leurs yeux, des collaborateurs au sens de ceux qui collaboraient avec les nazis pendant la Seconde Guerre mondiale, ils sont restés, ils ont pactisé avec certains partis hutus... Le FPR les a laissés se faire massacrer, ça ne le dérangeait pas, au contraire... ça l'arrangeait.

— Mais comment pouvez-vous affirmer... ? commença la journaliste.

— Je peux l'affirmer, l'interrompit le chercheur, parce que Paul Kagame, chef du FPR à l'époque et président du Rwanda depuis lors, est un stratège. On peut lui reprocher beaucoup de choses, et notamment d'avoir réinstallé la clique tutsie au pouvoir, mais on ne peut pas lui retirer ses qualités de stratège. Paul Kagame, armé par les Ougandais et les Américains, savait qu'il allait gagner la guerre – ce n'est pas pour rien qu'on l'appelait déjà le Napoléon d'Afrique –, mais il savait qu'ensuite il y aurait la paix et qu'avec la paix, il y aurait la politique. Il savait qu'il y aurait des élections et que les Tutsis de l'intérieur pourraient se transformer en ennemis politiques. Et que fait-on avec ses ennemis politiques ?

— On s'en débarrasse, dit la journaliste comme surprise par sa réponse.

— Vous avez parfaitement raison, chère Madame, on les tue ou on assèche leur base électorale, et c'est la première option qui fut retenue par monsieur Kagame mais, comme c'est un stratège, il a fait faire le travail par d'autres.

— Mais… commença la journaliste sans paraître savoir ce qu'elle allait dire.

— ... ou plutôt, il a laissé faire le travail par d'autres, il savait que le peuple hutu était mécontent, il s'est contenté de donner le signal.

— Comment ça ? demanda la journaliste.

— C'est lui qui a fait abattre l'avion du président rwandais, dit le chercheur.

— Il y a plusieurs thèses sur ce point... dit la journaliste.

— Tout le monde convient sur ce point, l'interrompit le chercheur, que l'attentat contre l'avion du président rwandais est le déclencheur des évènements de 1994. Vous savez ce qui se disait alors au sein du peuple mécontent : « Si on peut tuer le Président, on peut tuer tout le monde. » Cela, monsieur Kagame le savait, il avait beau avoir passé sa vie en exil, il connaissait la mentalité rwandaise. Qui avait, selon vous, intérêt à donner ce signal ?

— Il y a deux thèses sur... commença la journaliste.

— Le président rwandais Habyarimana revenait de Dar es Salam où il venait d'accepter la mise en œuvre des accords d'Arusha. Ces accords prévoyaient un partage du pouvoir rwandais entre Hutus et Tutsis. Kagame savait que si ces accords voyaient le jour, jamais les Tutsis n'auraient un pouvoir absolu sur le pays, jamais lui-même ne deviendrait empereur du Rwanda, il serait tout au mieux vice-ministre de la Défense...

— Il y a deux thèses sur les auteurs de cet attentat, reprit la journaliste. Certains spécialistes estiment que c'est le FPR emmené par monsieur Kagame, d'autres que ce sont les Hutus extrémistes qui préféraient tuer le Président que partager le pouvoir avec les Tutsis.

— Je vois que vous connaissez cette partie du dossier, mais les chercheurs, les journalistes, les politiques peuvent se tromper ou mentir, les armes non.

— Comment ça ? dit la journaliste.

— Le Falcon présidentiel a été abattu par deux missiles Sam 16 de fabrication soviétique fournis par les Américains aux Ougandais qui les ont ensuite passés au FPR.

— Mais que faites-vous de la thèse selon laquelle ce sont les Hutus extrémistes qui ont tiré sur l'avion ?

— Elle n'est pas étayée par le parcours des armes. On connaît le numéro de série des deux missiles, on peut retracer leur parcours de leur fabrication jusqu'à leur explosion dans le ciel de Kigali. C'était plutôt un bon calcul de Kagame. Avant même d'avoir gagné la guerre, on l'avait débarrassé des Tutsis de l'intérieur et des Hutus modérés.

— Pourquoi les Hutus modérés ? demanda la journaliste.

— Monsieur Kagame savait que les Hutus modérés pourraient également devenir des ennemis politiques, ils avaient passé des accords avec des partis tutsis de l'intérieur, il les a laissés se faire tuer.

— Ce n'est pas pareil, parvins-je à articuler.

— Qu'est-ce qui n'est pas pareil ? me demanda le chercheur comme s'il découvrait ma présence.

— Ce n'est pas pareil d'être tué parce qu'on est

tutsi ou hutu modéré, dis-je, mais je me sentis d'un coup épuisée.

— Pourriez-vous préciser votre pensée sur ce point, madame Auskl ? dit la journaliste.

— C'est... c'est difficile à expliquer, mais...

— Vous voulez dire que les Hutus modérés l'avaient mérité ? demanda le chercheur.

— Non... pas du tout... Je veux dire que les hommes, les femmes, les enfants tutsis n'avaient rien fait, alors que...

— Ils sont formidables, ces Tutsis ! C'est bien ce que je pensais : c'est moins grave quand ce sont des Hutus qui se font tuer ! Ces pauvres Tutsis n'avaient rien fait alors que les Hutus modérés avaient eu le tort de choisir un mauvais parti ! Vous êtes incroyables !

— Non... pas du tout... dis-je, mais tout se ralentissait en moi. Ce que je veux dire c'est que...

— ... c'est que c'est plus grave de tuer un Tutsi qu'un Hutu modéré ! dit le chercheur.

— Pas du tout... je veux dire... les Tutsis n'avaient rien fait...

— Vous voyez ! dit le chercheur en continuant de s'adresser à la journaliste, les Tutsis n'avaient rien fait, les Hutus modérés, eux, avaient fait le mauvais choix !

— Laissez madame Auskl finir, elle tente d'achever sa phrase, dit la journaliste, vous comprenez que ce n'est pas un sujet facile pour elle.

— Ce n'est un sujet facile pour personne madame, dit le chercheur.

— Quand un Hutu modéré est tué, sa mort est d'une certaine manière explicable…, dis-je.

— Vous voyez ! C'est moins terrible quand c'est un Hutu ! dit le chercheur.

— Mais laissez madame Auskl finir ! s'impatienta la journaliste.

— Pour la famille, les survivants, c'est plus… dis-je.

— … facile à accepter ? dit le chercheur, ils sont extraordinaires !

— Pas du tout… Ce n'est pas pire… Les deux sont… Ce n'est pas comparable…

— Bien sûr que ce n'est pas comparable ! Comment pourrait-on comparer des souffrances d'aristocrates avec celles de paysans ?! Regardez Kagame ! Il est le propre neveu de la dernière reine du Rwanda !

— Mais... non... ce n'est pas ça... c'est... de comprendre... Les survivants d'une famille hutue massacrée souffrent autant que nous, mais ils se disent que... un membre de leur famille a fait le mauvais choix... d'une certaine manière... ça aurait pu être évité...

— Poursuivez, dit le chercheur.

— Nous... ça n'aurait pas pu être évité... nous n'avions pas le choix... nous ne pouvions pas ne pas être tutsis, nous étions tutsis, nous avons été massacrés parce que nous étions tutsis...

— Et, à la fin, quelle différence ? dit le chercheur.

— La différence, dis-je avec de plus en plus de mal à parler – j'eus d'un coup envie de dormir –, c'est que les Hutus massacrés comprennent et que nous ne comprenons pas.

— Vous ne comprenez pas ? Depuis vingt-cinq ans, vous ne comprenez pas ?! C'est pourtant simple, je me tue à l'expliquer depuis le début de l'émission. Kagame savait que les Hutus modérés et les Tutsis de l'intérieur menaceraient un jour sa suprématie politique, il a laissé tuer les uns et les autres par le peuple. Regardez comme ça a bien marché : vingt-cinq ans après, il est toujours président !

— En imaginant que votre thèse soit fondée, qu'aurait dû faire monsieur Kagame ? demanda la journaliste.

— Je ne suis ni un militaire ni un politique, je suis là pour analyser, nullement pour conseiller. Je ne sais pas ce que monsieur Kagame aurait dû faire ou ne pas faire, mais je sais que s'il était intervenu plus tôt en 1994, il aurait contre lui des Tutsis de l'intérieur et des Hutus modérés alors qu'aujourd'hui, il n'a personne !

— Je crois, monsieur Kabiasora, que votre thèse ne fait pas l'unanimité et que nous devrions... dit la journaliste.

— La vérité ne fait jamais l'unanimité, madame, l'interrompit le chercheur.

— Nous devrions revenir au sujet de notre émission : « Vingt-cinq ans après le génocide, quelle réconciliation ? », dit la journaliste.

— Pour qu'une réconciliation soit possible, dis-je en éprouvant une fatigue de plus en plus grande, il faut qu'il y ait une véritable demande de pardon.

— De la part de qui ? demanda le chercheur en continuant à me tourner le dos.

— Comment ça ? demandai-je en sentant mes yeux se fermer.

— Une demande de pardon formulée par qui ? demanda-t-il.

— Par qui ? Mais enfin, ce ne sont tout de même pas les Tutsis qui ont massacré les Hutus ! parvins-je à dire.

— En êtes-vous bien sûre ? demanda le chercheur sans qu'on sache si la question s'adressait à moi ou à la journaliste.

Il continuait à me tourner le dos et à ne regarder qu'elle.

— Je... commençai-je, mais je sentis comme des morceaux tomber à l'intérieur de mon corps.

— Êtes-vous bien sûre que ce soit aux Hutus de s'excuser ? Ne serait-il pas plus juste que, comme dans toute lutte, les premiers qui ont fauté soient les premiers à s'excuser ? demanda le chercheur.

— C'est-à-dire ? demanda la journaliste.

— Je n'ai jamais entendu les Tutsis s'excuser pour les siècles d'esclavagisme et de servage des Hutus, je n'ai jamais entendu les colonisateurs s'excuser pour avoir oppressé les Hutus en s'appuyant sur les Tutsis, dit-il.

— Je... commençai-je, mais des morceaux continuaient de tomber à l'intérieur de moi.

— Nous sommes ici pour traiter le sujet de notre émission : « Vingt-cinq ans après le génocide, quelles sont les possibilités de réconciliation ? » reprit la journaliste en me fixant tout d'un coup effarée.

Je sentis quelque chose chuter à l'intérieur de mon ventre.

— Ce génocide n'est rien sans ceux qui le précèdent, dit le chercheur.

— Mais il n'y a pas eu d'autres génocides rwandais, dit la journaliste.

— En êtes-vous bien sûre ? lui demanda-t-il.

— Le génocide de 1994 est... commença la journaliste.

— En 1972, l'interrompit-il, l'armée burundaise aux mains des Tutsis a massacré 200 000 Hutus – hommes, femmes, enfants, vieillards – au Burundi. Ce n'était pas une guerre, ce n'étaient pas des actes isolés, c'était une campagne d'extermination. Or vous savez que la justice internationale retient pour caractériser le génocide « la volonté d'exterminer un groupe ethnique, racial, religieux ». Comment expliquez-vous que ces dirigeants tutsis, auteurs d'un génocide de Hutus, n'aient jamais été poursuivis ?

— Monsieur Kabiasora, je comprends votre interrogation, mais nous sommes ici pour parler du génocide de 1994 à l'occasion de son vingt-cinquième anniversaire, des possibilités de réconciliation entre Hutus et Tutsis, dit la journaliste.

— Ah ! très bien… passons sur un génocide qui ne vous intéresse pas, dit le chercheur.

— Cette réconciliation ne peut se faire que s'il y a une vraie demande de pardon… dis-je en retrouvant quelques forces.

— De la part des Hutus ? demanda-t-il.

— Oui, dis-je.

— Du coup, le massacre de 200 000 Hutus par les Tutsis au Burundi en 1972, on s'en fiche ? On ne leur demande pas de s'excuser ? Ils ont massacré, à l'arme à feu, je vous l'accorde, et pas à la machette – ce sont des aristocrates, après tout, pas des cultivateurs –, des hommes, des femmes, des enfants hutus, on ne leur demande rien ? dit-il toujours sans me regarder.

— Monsieur Kabiasora, reprit la journaliste,

cette émission n'est pas consacrée aux massacres de 1972 qui ne sont pas...
— ... assez récents ?
— Ce n'est pas... tenta-t-elle.
— Vous voulez des plus récents ?
— Je... commença-t-elle.
— Des plus récents... On pourrait prendre, tiens, le nombre de morts imputables à monsieur Kagame postérieurement aux évènements de 1994. Si on en croit les études les plus sérieuses, les guerres que monsieur Kagame a menées au Congo depuis 1994 ont causé indirectement la mort de six à sept millions de personnes mais, soyons magnanimes, ne comptons que les gens directement massacrés par ses troupes, la fourchette va de 200 000 à 500 000. Attention, pas des soldats : des hommes, des femmes, des enfants tués par ses troupes entre 1994 et 1997 au Rwanda et surtout au Congo. Accordons-lui une moyenne : 350 000 victimes civiles hutues. De celles-là, on peut parler ? Elles sont assez récentes ?

— Ce n'est pas... tenta la journaliste.

— Il faut tout de même que les téléspectateurs se rendent compte que, depuis vingt-cinq ans, on leur présente une vision tutsie de l'histoire rwandaise en oubliant ces quelque 90 % de la population qui sont hutus...

— Personne n'oublie, mais...

— Si l'on additionne les 200 000 Hutus tués par les Tutsis en 1972 et les 350 000 tués par monsieur Kagame entre 1994 et 1997, on arrive à un total de 550 00 civils hutus tués par les Tutsis... Ce n'est pas si loin des 800 000 morts revendiqués par les Tutsis en 1994, mais les journalistes, les « spécialistes » – le plus souvent blancs – de l'Afrique ne parlent que des morts tutsis. C'est comme si les morts hutus n'existaient pas...

— Pas du tout, mais le sujet de cette émission est...

— Je sais : « La réconciliation entre Hutus et Tutsis après les évènements de 1994 », mais comment peut-il y avoir réconciliation si seuls les morts tutsis comptent ?

MAGNIFIQUE

— Ce n'est... commença la journaliste, mais elle s'interrompit en me voyant.

Je sentis un grand bloc tomber en moi.

Quand tu es arrivé dans les studios, on t'a dit que ta femme avait fait un malaise sur le plateau. Tu m'as ramenée à la maison. Tu as dit à Ève d'aller me tenir compagnie dans la voiture pendant que tu faisais les valises. Elle s'est assise à côté de moi. Elle n'osait pas me toucher de peur de me réveiller, mais je ne dormais pas. J'avais les yeux fermés pour ne pas voir son regard sur moi. Je l'entendais ronger ses ongles. Chaque fois qu'elle en sectionnait un avec ses dents, ça faisait *crack !* dans ma tête.

Tu es revenue avec Gloria et Apollonia. Je me suis endormie, je ne me rappelle pas l'arrivée au chalet.

J'ai fait un rêve cette nuit-là. Je coupais des Hutus dans une église, à droite, à gauche, devant moi, concentrée, j'avançais mais les gens criaient derrière moi : « Magnifique nous a mal coupés ! Magnifique nous a mal coupés ! » et le curé de Massongo prêchait devant l'autel : « Mes frères, c'est normal que Magnifique ne sache pas couper, son père est un Tutsi, un éleveur, pas un cultivateur, elle ne sait pas manier la machette, c'est une aristocrate, elle se lime les ongles. » Quelqu'un se mit alors à donner de grands coups de machette sur mon cou. Je l'encourageais en criant : « Allez ! Allez ! » mais il ne parvenait pas à le couper complètement. On voyait qu'il y avait une grande entaille, mais ma tête restait attachée à mon corps. Je lui répétais : « Allez ! Allez ! » Il frappait, frappait, mais mon cou résistait.

Le lendemain matin, ta tignasse apparut au-dessus de moi comme au camp. Je voulus te sourire, mais sentis quelque chose de mort en moi, comme si j'aspirais un air mort.

Tu es resté longtemps comme ça, au-dessus de moi.

Chaque inspiration me faisait mal.

Je pouvais lire mon souffle sur ton visage. Quand j'inspirais, tes traits se tendaient. Quand j'expirais, ton visage se relâchait.

Tu m'as souri ! Tu sais quoi ? Je crois que si tu avais traversé le génocide, tu l'aurais fait en souriant ! Je t'imagine marchant entre les parcelles la nuit, mangeant la farine de sorgho dans ta main, un sourire aux lèvres avant de retrouver ton lit de terre !

Tu m'as dit comme si j'allais très bien :

— Je suis allé à la boulangerie ce matin, tu sais quoi ?

Je ne répondis pas, bien sûr, mais tu laissas un silence comme si je t'avais dit : « Non, quoi ? »

— Ils sont impayables, les gens, ici ! J'ai voulu faire une phrase à la boulangère : « Ça a l'air calme ces jours-ci... » Et tu sais ce qu'elle m'a répondu ?

Je n'avais pas la force de parler, je n'avais la force de rien, tu le savais très bien.

— Elle m'a répondu : « Ah ! c'est avril… C'est bien… Il n'y a presque plus de touristes… » Et moi, je suis quoi alors ?! Tu m'as vu avec mon chapeau et ma voiture immatriculée à Genève ! Ça ne l'a pas défrisée ! Elle a continué en prenant un air dégoûté : « L'année dernière… avec les monstres chutes de neige, on a eu des touristes… plein… jusqu'en mai… » Ils sont impayables, les gens, ici !

Tu es parti de ton grand rire comme si j'allais très bien.

Pendant ces mois au chalet, mes membres ne répondaient plus, je ne leur demandais rien d'ailleurs.
Chaque inspiration me faisait mal. Vivre me faisait mal. Je crois que j'aurais aimé mourir, mais je n'avais pas la force d'aller chercher une corde

pour me pendre à une poutre du garage. Je rêvais qu'une force extérieure arrête ma respiration.

J'avais honte quand les enfants venaient me voir. Je t'entendais derrière la porte : « Maman est fatiguée, il faut la laisser se reposer. » J'étais tellement soulagée quand ils repartaient. Il n'y avait que toi devant qui je n'avais pas honte.

Tous les matins, tu arrivais avec du café au lait et des céréales. Je n'arrivais pas à bouger. Tu soulevais ma tête d'une main, de l'autre tu approchais la cuiller de mes lèvres. Mon petit-déjeuner durait une heure. Parfois deux. En silence. Je ne parlais pas. Quand je levais les yeux vers toi, tu me souriais comme si j'enfilais une robe pour aller dîner à Genève.

Tu te souviens quand, après deux ou trois mois, j'ai voulu me lever pour aller aux toilettes ? Je t'ai fait signe. Je ne parlais toujours pas. Tu m'as soutenue comme une vieille femme pour atteindre la porte de la salle de bains et là, alors que nous

venions de parcourir cinq mètres, tu m'as dit :
« On va faire l'Eiger ! » Je crois que j'ai souri ! Le
premier sourire depuis des mois, le mont Eiger !
3 997 mètres !

On m'emmène au bloc, je dois donner la lettre
à l'infirmière. J'ai eu de la chance d'être aimée
par toi, Chrrôme.

Quand Jérôme arriva à l'hôpital, une infirmière lui dit que l'intervention était en cours, sa femme remonterait dans sa chambre deux ou trois heures plus tard.

Il sourit. Un sourire qui refoulait les larmes. Un sourire né vingt-huit ans plus tôt à l'hôpital du camp. Pendant sa première « tournée des patients ».

Il avait commencé par la salle des admissions. Des hommes sans bras, des femmes avec un filet de sang entre les jambes, des enfants sans mains. Le bourdonnement des mouches. Le chœur fatigué des lamentations. C'était la salle la plus facile.

Il avait traversé le bloc. Henri opérait le ventre d'une femme. Depuis le début du génocide, il travaillait jour et nuit, s'offrant quelques minutes de sommeil entre les interventions. Les yeux rivés sur ses instruments, il avait lancé au passage de Jérôme : « L'extraction de tessons de bouteille du vagin... peut-être une spécialité à ajouter à la chirurgie de guerre... » Jérôme lui avait répondu : « Ce qu'il faudrait ajouter à la chirurgie de guerre, ce sont des heures de sommeil obligatoires pour les chirurgiens... » Henri avait dit en continuant d'extraire les morceaux de verre : « Monsieur le Chef de délégation est trop aimable de s'inquiéter de la santé de ses humbles serviteurs, c'est au contraire le repos qui serait dangereux pour moi... Quand j'arrête d'opérer, je tangue. » Jérôme avait senti que le ton enjoué d'Henri était la dernière chose qui le rattachait à ce qu'on appelait dans son pays natal de Gruyère « une bonne vie ». Une vie où on ne met pas un tesson de bouteille cassée dans le vagin de sa voisine après l'avoir violée.

Jérôme avait fini sa tournée par la morgue. Les sacs flottaient autour des corps ; ils n'étaient prévus ni pour des adultes sans bras ni jambes, ni pour des enfants. Il avait ralenti le pas devant chaque sac puis s'était arrêté devant une bâche noire qui recouvrait une toute petite chose. L'infirmière avait précisé : « Le fœtus vivait encore à l'intérieur de la mère, Henri a essayé... » Jérôme avait senti les larmes monter. Au même moment, un sourire était apparu sur ses lèvres. Un fin sourire qui contredisait ses yeux.

Quand, chaque matin, dès son arrivée au bureau, on venait lui rapporter les exploits de la nuit – massacres au Soudan, guerre au Congo, bombardements en Ukraine, exécution d'otages au Sahel, tremblement de terre au Népal, inondations au Pérou... –, le même sourire apparaissait.

Son adjoint iranien, qui s'estimait très supérieur à lui, disait : « Jérôme sourit d'abord. Il réfléchit ensuite. »

Jérôme partit se promener autour du lac en attendant le retour de Magnifique dans sa chambre. On le remarquait tout de suite. Il portait un costume anglais sur mesure. Ses cheveux avaient dix-huit ans, ses rides soixante. Il semblait marcher sans but.

En traversant le pont du Rhône, il se demanda s'il ne devait pas changer de métier, retourner dans la banque, créer sa propre association, reprendre le vignoble de son oncle dans le Valais...

Après son premier jour de travail dans la banque familiale à vingt-deux ans, il avait postulé au CICR. Il était devenu délégué en Palestine à vingt-trois ans, chef de délégation au Rwanda à vingt-cinq puis avait gravi tous les échelons du siège – responsable régional, directeur des opérations, directeur général – sans jamais cesser de se demander si c'était sa voie.

Aujourd'hui, directeur général à cinquante-trois ans, il se voyait bien devenir viticulteur, gérer les deux ouvriers agricoles de son oncle et non les dizaines de milliers d'employés du CICR dispersés à travers le monde, ne plus avoir de réunions, de rendez-vous, de messages, d'appels, de notes de synthèse urgentes pour le président, regarder le lac des après-midis entiers, ou reprendre une ferme en

Tanzanie, il s'imaginait au milieu des zèbres et des girafes... tout en se demandant s'il avait des chances d'être élu président.

Les supporters de sa candidature vantaient ses « intuitions géniales ». En 1995, il avait désigné, avec quinze ans d'avance, les pays qui sombreraient dans l'islam radical et interdiraient toute présence humanitaire occidentale... Dix ans plus tard, il avait prédit la raréfaction des distributions alimentaires ; on virerait bientôt sur le téléphone du réfugié une somme d'argent pour qu'il aille se fournir sur les marchés locaux. Au dernier conseil d'administration du CICR, il avait apostrophé les administrateurs – pour la plupart, des caciques de la diplomatie ou de la banque suisses : « Dans quelques années, les Palestiniens discuteront sur les réseaux sociaux avec les Israéliens. Sur des forums dédiés, ils trouveront un accord entre les deux pays sans passer par les gouvernements ou les partis politiques... Dans dix ans, des géants du Net proposeront une couverture médicale bien plus performante et moins chère que celle des entités nationales puisqu'elle s'appuiera sur des centaines de millions de dossiers de patients collectés à travers le monde... Aura-t-on encore besoin d'États ? d'organisations comme la nôtre ? »

Ses soutiens louaient sa doctrine de la « négociation préventive ». Dès qu'un conflit se profilait, Jérôme se précipitait sur le terrain pour tenter une médiation entre les protagonistes. Le récit de ses rencontres les plus célèbres circulait dans les couloirs.

Le chef de la rébellion de Bunia, ancien éboueur à Genève, lui avait confié, à la veille de sa conquête du Kivu : « Ici, on ne prend pas le pouvoir par référendum cantonal, on prend la garnison et on demande au colonel s'il veut vous suivre. S'il dit non, on le tue et s'il dit oui... on le tue aussi ! » en partant d'un grand rire. « Il ne faut pas laisser les hommes violer les femmes, c'est du temps perdu, il faut qu'ils brûlent un ou deux villages, comme ça, quand vous arrivez dans la garnison d'à côté, elle est plus... sensible à vos arguments ! Si ça marche, vous pouvez finir à Kinshasa... et si ça marche vraiment bien, au palais présidentiel ! »

On parlait encore du « cadeau » que lui avait fait Joseph Kony, le « messie sanglant », lors de leur rencontre dans le maquis ougandais : « Tous ces enfants que vous voyez là, qui prétendent être mes gardes du corps, je vous les donne, monsieur le Directeur. Dieu m'a révélé qu'ils allaient me trahir, Il m'a dit que je devrai bientôt les tuer et les remplacer par ceux qu'Il m'enverra. Il me l'a dit lors de notre dernière conversation. Prenez-les, emmenez-les avec vous, sinon je les tue un par un, ou plutôt non, je les ferai tuer par ceux que Dieu m'enverra bientôt, eux me seront fidèles jusqu'au royaume des cieux... »

L'ancien chef khmer rouge du camp 113, qui avait à son actif dix mille morts de maladies, de faim, de soif ou par application d'un sac plastique sur la tête, avait clos leur entretien dans son français de la Sorbonne : « La période des Khmers rouges semble beaucoup vous intéresser, monsieur le Directeur général... Je vais répondre à la question que vous n'osez me poser depuis le début de notre entretien... Si c'était à refaire, nous referions la même chose... »

Quelques semaines plus tôt, « le boucher du Sahel » – qui avait égorgé de ses mains deux Américains – lui avait conté avec des accents de midinette son engouement de jeunesse pour les droits de l'homme, sa découverte tardive de l'islam radical en semblant éprouver une égale passion pour la démocratie et la décapitation.

Les opposants à sa candidature rappelaient que ses tentatives de médiation n'avaient évité aucun conflit, une grande partie de ses « intuitions géniales » ne s'étaient jamais réalisées. Ils évoquaient sa voiture – une vieille Jaguar marron –, sa maison – qu'ils appelaient « le château de Cologny » –, son air prétentieux – cette critique l'amusait : son ton lent et doctoral en public n'était que le masque maladroit de ses doutes.

Jérôme savait que les plus virulents étaient le directeur des opérations, un Italien qui n'avait jamais supporté que Jérôme ait des costumes mieux taillés que les siens. Son adjoint, un Iranien grand lecteur de Jacques Derrida qui trouvait que tout ce que disait Jérôme était « du flanc ». Le secrétaire général, un Français offensé qu'un Suisse se permette de penser.

Le président hésitait à soutenir sa candidature. Il admirait l'esprit de Jérôme qui « se cogne dans tous les coins de sa tête. », ses phrases « dont on ne sait jamais où elles vont atterrir », mais, fils de paysans de l'Appenzell, il supportait difficilement l'idée que le rejeton d'une banque genevoise « qui n'avait eu qu'à se baisser pour entrer au CICR » lui succède.

En dépassant les voiliers, Jérôme repensa à sa rencontre avec Magnifique dans le camp.

Des centaines de blessés arrivaient chaque jour. Une règle idiote voulait que le chef de délégation signe « en personne » les actes d'admission dans l'hôpital du CICR. Dès que Jérôme voulait se distraire des rapports d'activité, des budgets prévisionnels, des réunions de coordination, il s'échappait de son bureau pour aller signer les papiers à l'hôpital.

Il avait vu des soldats FPR descendre une femme inconsciente d'un camion. Il s'était arrêté de signer. Il les avait regardés l'installer sur un brancard, la transporter dans l'hôpital. Il s'était rué dans la salle des admissions.

JEAN-FÉLIX DE LA VILLE BAUGÉ

Il avait passé une partie de ses jours et toutes ses nuits à côté d'elle jusqu'à son réveil. Il regardait ses paupières trembler. Il ne pouvait détacher ses yeux de ces paupières. Sans s'en rendre compte, il s'était mis à lui parler. Tout ce qui lui passait par la tête. Il lui avait raconté ses vacances dans l'Interlaken avec son grand-père « torse nu au bord du lac, qui tapait ses mémoires sur une toute petite machine à écrire avec ses mains énormes, à chaque lettre on avait l'impression qu'il allait fendre le clavier en deux… », ses expéditions en montagne, tout ce qu'il savait de l'histoire suisse. Il avait remarqué que, dès qu'il se mettait à parler, le tremblement de ses paupières ralentissait. Il avait senti qu'il ne fallait jamais cesser de lui parler.

Quelques jours plus tard, on avait changé Magnifique de lit, il avait découvert son entaille. Le « point d'impact » en haut à droite du front, à la lisière des cheveux, la tranchée allant de la tempe à la base du cou en traversant l'oreille. Ses yeux étaient remontés. Redescendus. La ligne était droite, il n'y avait eu qu'un coup.

Plus ses yeux parcouraient l'entaille, plus il regardait ses paupières, plus il lui racontait d'histoires, plus il avait l'impression de la connaître. De lui être attaché. Magnifique dormait.

Un jour, elle avait ouvert les yeux. Il s'était senti pris sur le fait. Elle l'avait regardé sans prononcer un mot. Elle s'était rendormie.
Elle s'était mise à ouvrir les yeux de plus en plus souvent. Jérôme était toujours là.
Elle s'était mise à parler. Elle lui avait raconté l'élection de Miss Massongo. Ils avaient parlé des heures, des jours... Chaque fois que Magnifique souriait, Jérôme s'interrompait.

À son arrivée en Suisse, Magnifique avait senti que, pour survivre, il faudrait toujours être occupée. Elle avait commencé par ranger le grenier, classer les horaires Genève-Paris par année, les baromètres, les alambics, les vieux costumes... Aux beaux jours, elle avait taillé la glycine sur la maison, les haies, créé un potager, replanté le gazon.

L'hiver suivant, elle s'était lancée dans l'exploitation de la forêt jouxtant le jardin.

Jérôme avait d'abord pensé qu' « une fille aussi intelligente et aussi belle qui taille la glycine, c'est du gâchis », puis il l'avait vue vendre des centaines de kilos de légumes à la coopérative de Cologny, replanter le verger, passer un contrat avec Confisuisse pour l'achat de ses pommes et ses poires, créer des semis de hêtres et de chênes, fournir des milliers de stères de bois à la scierie communale, gagner plus d'argent que lui...

Jérôme aimait la regarder marcher dans le jardin. Même avec sa combinaison bleue et ses bottes vertes, elle gardait sa démarche de jeune fille maigre. Quand il lui disait qu'elle avait une démarche de danseuse, elle répétait « une danseuse... » comme on dit « un million... » à un enfant qui vous demande un million pour acheter une baguette de pain.

Jérôme aimait toutes ses démarches. Avec un jean bleu, un tee-shirt blanc, des baskets, on eût dit une femme d'affaires pressée. Quand elle empruntait son tutu rose et ses chaussures de jogging à Gloria, elle retrouvait les attitudes de Miss Massongo. Quand elle enfilait sa combinaison noire ouverte dans le dos et ses talons hauts pour sortir, ses mouvements étaient plus lents, ses pas plus grands.

En public, on eût dit que Magnifique volait l'éclat des autres femmes. Quelques jours plus tôt, ils étaient allés acheter une robe chez Bon Génie. Jérôme regardait Magnifique marcher pieds nus devant les cabines d'essayage, vêtue d'une robe blanche à col droit dont sortait son long cou, un haut en soie parcouru en son milieu d'une fente qui laissait entrevoir sa poitrine, une fine ceinture noire, un bas en plissé. Les jeunes Genevoises qui piaillaient l'instant d'avant s'étaient mises à chuchoter sans s'en rendre compte. Elles avaient comme disparu. Leur beauté avait coulé.

Leurs enfants n'avaient jamais osé demander à Magnifique ce qu'il s'était passé là-bas. Ils avaient, à des âges différents, posé la question à leur père qui leur avait fait la même réponse : « Votre mère s'est échappée du Rwanda pendant le génocide. Je n'en sais pas plus. Elle ne m'en a jamais parlé. »

Souvent, Magnifique avait pensé raconter à César. Quelques jours plus tôt, il était venu de Paris la voir avant son opération. Jérôme les avait regardés discuter dans le jardin. Magnifique dans sa salopette bleu roi, une botte appuyée sur sa bêche. César avec cette façon de ne pas savoir quoi faire de jambes et de bras trop grands, son nez court et fin – « typiquement tutsi », auraient dit les intellectuels hutus –, ses boucles blondes et ses yeux gris. Penché sur sa mère.

Elle lui avait dit : « C'est gentil, mon César, de venir de Paris juste pour voir ta maman... » Il lui avait souri en remettant son écharpe. Il avait fait exactement le même geste que le père de Magnifique quand il remettait sa couverture trouée sur ses épaules. Ils avaient tous deux cette façon de lancer leur main en arrière tandis que leur buste restait immobile. Elle avait voulu dire : « Ton... » Elle avait voulu dire : « Ton grand-père » et poursuivre : « Ton grand-père aussi était gentil... Il a fini coupé à la machette par ses voisins », mais les mots n'étaient pas sortis de sa bouche.

Quand Magnifique était à côté d'Ève, leur première fille, Jérôme sentait que ce qui s'était passé là-bas « flottait entre elles ». Il les regardait comme deux chiens qui jouent dans un parc et qui, d'un coup, sans que personne ne comprenne pourquoi, se sautent à la gorge.

MAGNIFIQUE

Le vendredi précédent, Ève avait dit à sa mère : « Je sors ce soir, je peux prendre ta robe blanche ? » puis s'était mise à crier : « Je te demande si je peux prendre ta robe, pas besoin de me regarder comme si j'étais une merde ! » avant de partir en pleurant dans sa chambre. Jérôme était monté retrouver Ève : « Ce que ta mère a subi au Rwanda a dû la marquer à vie... Ça a dû rendre son visage dur, mais ça n'a rien à voir avec toi... Même quand elle dort, elle a cet air... » Ève lui avait dit entre deux sanglots : « Maman ne me dit jamais qu'elle m'aime. » Jérôme lui avait répondu : « À moi non plus ! » en éclatant de rire. Ils s'étaient mis à rire tous les deux. « Vu ce qu'il a dû se passer là-bas, elle ne peut pas... je ne sais pas... elle ne parvient pas à dire ce genre de choses... c'est comme si elle se méfiait de ces mots-là... »

Ce qu'Ève prenait pour du mépris n'était qu'une lutte de Magnifique contre ses souvenirs. Quand elle lui avait dit : « Je peux prendre ta robe blanche ? », Magnifique avait entendu : « Je la prendrai quoi qu'il arrive. » Ève avait alors le même air buté que le professeur de mathématiques hutu qui ne voyait pas ses élèves tutsis, que le chercheur hutu de l'émission, que les Hutus qui coupaient dans l'église.

Quand Gloria, leur deuxième fille, sentait sa mère glisser vers son passé, elle se précipitait sur elle pour la serrer dans ses bras. Plus elle sentait les bras de Gloria se serrer autour de sa taille, plus Magnifique avait l'impression qu'ils s'agitaient en tous sens pour éloigner une meute de hyènes.

Quand leur troisième fille, Apollonia, se blottissait contre elle en lui disant : « Tu sais, maman, je t'aime », Magnifique avait l'impression d'être au bord d'un marais qui allait l'aspirer. Elle tentait de sourire. Elle enfouissait sa tête dans les cheveux d'Apollonia. Elle parvenait à pleurer sans que sa fille s'en rende compte.

Une seule fois, Jérôme avait tenté d'aborder le sujet. Magnifique était revenue d'un séjour à la Bastide le visage ravagé. Jérôme se disait que son père avait dû être odieux, faire comme si Magnifique n'était pas là, lui demander des services... Il était parvenu à la faire rire avec une histoire de chenilles mais, les jours suivants, son visage était resté fermé.

Magnifique avait passé la semaine à buter sur les mêmes questions : « Pourquoi ce général, tous ces gens semblent ne jamais penser à leur responsabilité ? »

Un soir, Jérôme lui avait dit : « Tu devrais peut-être en parler à quelqu'un. » Il avait voulu ajouter : « parler de ce qui s'est passé là-bas », mais il avait croisé le regard de Magnifique. Un regard qu'il connaissait. Qu'il retrouvait. Son regard un après-midi à l'hôpital du camp. Un regard qui disait : « Je te supplie, je t'ordonne d'en finir. Si, par hasard, tu m'aimes un peu, même un tout petit peu, sers-toi de ce petit bout d'amour pour me trouver une grande corde, non, une petite fera l'affaire, ou trouve-moi une boîte de somnifères. »

Puis son regard s'était fait plus doux : « Il faut laisser les souvenirs où ils sont, Jérôme. Ne jamais les réveiller. N'en parler à personne. Ni à un médecin. Ni à un proche. Ni à personne. Même pas à celui qui vous aime le plus au monde. Même pas à toi. »

Pendant longtemps, Jérôme avait cru imaginer ce que Magnifique avait vécu. Il pensait avoir le magot de connaissances nécessaires. Au camp, il avait corrigé tous les jours les rapports des rescapés : « On nous a rassemblés dans le stade, l'église, sur la place du village… Ils sont arrivés avec leurs machettes… » Par la suite, il avait lu quantité de livres sur le génocide en cachette de Magnifique. Pour Jérôme, ses proches avaient dû être tués devant elle. Elle avait ensuite dû se cacher dans une forêt ou une maison abandonnée, vu son état à l'arrivée dans le camp.

Et puis, quelques années plus tôt, le CICR s'était trouvé au centre d'une polémique initiée par le « cerveau du génocide » : le colonel hutu que les journalistes avaient surnommé le « Himmler rwandais ».

Depuis sa cellule de La Haye, il répétait et faisait répéter que le CICR « a toujours été partial », « pro-tutsi », « avait tout de suite pris le parti des Tutsis pendant les évènements de 1994 » – on voyait mal, se disait Jérôme, pour qui on pouvait prendre parti à l'époque –, « qu'il n'a jamais dénoncé les centaines de milliers de morts civils imputables à Kagame », « qu'il se rend coupable de violation de la Convention de Genève sur l'impartialité ». L'ancien colonel condamné à quelques siècles de prison, ajoutait qu'il « entre dans le mandat du CICR de visiter les prisonniers maltraités mais que, bien sûr, il ne visite pas les prisonniers hutus ».

Le CICR étant le garant des Conventions de Genève, il ne pouvait se permettre d'être critiqué sur leur application. Le conseil d'administration avait mis en demeure le président d'agir. Le président avait demandé à Jérôme de rendre au plus vite visite au colonel.

MAGNIFIQUE

En atterrissant à La Haye, Jérôme connaissait par cœur la biographie du prisonnier. Sa carrière dans l'armée rwandaise, ses stages de formation à la « lutte contre-insurrectionnelle » dans l'armée française, sa fréquentation des Hutus ultras, son talent d'organisateur ; c'est lui qui avait eu l'idée des distributions de machettes et de transistors à l'échelle nationale, des regroupements de Tutsis dans les églises et les stades, de la coordination des actions par la radio, de la chaîne de commandement qui allait du gouvernement au moindre civil hutu en passant par la garde présidentielle, les préfets, la milice, les bourgmestres.

Jérôme avait été surpris en découvrant un rondouillard aux lunettes épaisses qui ressemblait plus à un bureaucrate concentré qu'au chef de la police du Reich. L'ancien colonel l'avait apostrophé sans le saluer :

— Je suis maltraité.
— Ah... avait dit Jérôme d'un air préoccupé.

— Oui, je suis mal nourri, dit le colonel.
— Ah...
— Oui, la nourriture est peu variée et surtout trop riche.

Le sourcil gauche de Jérôme s'était levé très haut.

— Regardez vous-même, il y a de l'huile plein l'assiette de carottes râpées, c'est dégoûtant ! La salade de pommes de terre nage dans l'huile ! Le hachis parmentier : plein d'huile ! Même le poisson pané baigne dans l'huile. Bientôt, il va falloir faire un nouveau trou dans ma ceinture et il y a autant de chance de trouver un poinçon dans une prison que de l'eau dans le désert.

Le sourcil de Jérôme restait bloqué sur la gauche de son front.

— Vous pourrez dire à votre président que les prisonniers hutus sont plus maltraités que les prisonniers tutsis. D'ailleurs, aucun Tutsi n'est emprisonné à La Haye, malgré leurs innombrables crimes bien plus conséquents que ceux qu'on veut nous reprocher, ce qui montre bien la partialité de votre justice dite « internationale » et tout particulièrement de votre organisation.

Jérôme avait eu ensuite droit à la leçon sur les crimes des Tutsis dont il connaissait chaque virgule. Il avait ressenti d'un coup un grand ennui. Il avait récité la sienne en retour : le CICR est bien évidemment impartial, il visite tous les prisonniers sans différence de sexe, de race, de religion, etc. À la fin de sa péroraison, il y avait eu un silence. Il avait pris congé en ne pouvant réprimer un : « Colonel. »

Dans le taxi, il s'était dit : « Je l'ai salué comme un officier alors qu'il mérite une balle dans la tête, mais manger du poisson pané nageant dans l'huile pour les siècles des siècles, c'est peut-être pire qu'une balle dans la tête... »

Lors de son escale à Paris, il avait dîné avec son oncle Simon, le frère de sa mère, un « original ». Pour sa mère, si un membre de la famille était peintre, écrivain ou homosexuel – le cumul était possible –, c'était un « original » ; s'il n'était pas de la famille, c'était « un type curieux ».

À dix-huit ans, Simon aurait tout fait pour quitter la Suisse. Ses parents avaient toléré qu'il parte étudier le droit à Paris. Le jour de ses vingt et un ans, il avait demandé la nationalité française pour échapper au service militaire en Suisse. Il avait reçu son tout nouveau passeport accompagné d'un petit papier vert l'informant qu'il était mobilisé en Algérie une semaine plus tard.

À la fin des hostilités, il s'était inscrit au barreau de Paris et avait commencé à publier des biographies. Ses Saint-Just, Brasillach, de Gaulle, Massoud avaient rencontré un succès d'estime mais sa *Vie de Staline* était devenue un best-seller mondial. Il avait poursuivi parallèlement sa carrière d'avocat et de biographe. Après trente ans de vie parisienne, il avait remis un pied en Suisse en achetant un vignoble au pied de Vevey. À plus de quatre-vingts ans, il disait : « Je m'intéresse moins aux hommes, plus aux animaux, beaucoup au vin... »

Son appartement donnait sur la place du Trocadéro. Ce quartier restait mystérieux à Jérôme. Les grands-mères vêtues d'imperméables Burberry en toute saison avaient toujours l'air de revenir de leur maison de campagne, les filles semblaient toutes avoir fait la couverture de *Vogue* la veille.

Ils s'étaient retrouvés dans la « cantine » de Simon, *Le Poincaré*, qui servait une cuisine indigeste mais avait l'avantage d'être au pied de son immeuble. Jérôme lui avait raconté sa rencontre avec le colonel. Simon lui avait dit, d'un air blasé :

— Et quoi, un homme...
— Comment ça ? avait dit Jérôme.
— Un homme, qu'est-ce que tu veux que je te

dise ? La papesse des chimpanzés – une Anglaise dont je viens de terminer le bouquin et qui a vécu soixante ans avec eux ! – écrit que la différence entre les animaux et nous, c'est le langage. C'est idiot, les animaux ont des langages parfois très évolués. La différence entre les animaux et nous, c'est que nous nous servons du langage pour nous illusionner. Un élan ne se prend pas pour un cerf, et, même s'il le désirait, il n'a pas les outils ni de pensée, ni de langage pour s'en persuader. Nous, si. Ton colonel se raconte qu'il est un pauvre prisonnier maltraité pour ne pas voir qu'il a fait fracasser la tête de centaines de milliers de gens. Dans ma section en Algérie, huit hommes sur dix ont torturé, mais je n'ai jamais entendu l'un d'eux me dire qu'il était un salaud. Ils se racontaient qu'ils « devaient le faire », que « c'étaient les ordres », qu'ils « n'avaient pas le choix », comme tes Hutus. Et, surtout, ils s'en foutaient. Pendant quelques années, je suis allé aux réunions d'anciens combattants, ils en rigolaient entre eux, ils n'en nourrissaient aucune honte.

— Qui étaient les huit ?

— Le lieutenant, c'est à lui que j'en veux le plus. S'il avait refusé, les autres auraient probablement suivi. Il portait l'un des plus beaux noms de France, mais surtout son père et ses deux sœurs avaient commis des actes de résistance éblouissants, il avait la culture, l'environnement familial qui auraient dû l'en prévenir. L'adjudant, le sergent, le caporal sont moins intéressants, ce sont des militaires de carrière habitués à obéir aux ordres. Les quatre soldats étaient, dans le civil, prof, postier, fermier, boucher.

— Et les deux qui ont refusé ?

— Moi et un apprenti cuisinier de Clermont-Ferrand. Moi, je n'ai pas beaucoup de mérite, je suis suisse, nous ne torturons plus depuis longtemps, on a perdu l'habitude...

— Ça s'est passé comment ?

— L'adjudant m'a dit qu'il allait falloir disposer des pinces sur les couilles d'un prisonnier pour lui faire avouer le lieu du prochain attentat. J'ai refusé. On savait que j'étais avocat, que je pouvais

« créer des problèmes », il n'a pas insisté.

— Et le cuisinier ?

— Quand l'adjudant lui a tendu les pinces, il a dit : « Ça ne se fait pas. » Il n'est jamais allé plus loin. Peut-être ne faut-il jamais aller plus loin d'ailleurs... L'adjudant lui a dit qu'il risquait des jours d'arrêt. Le cuisinier a répondu : « Mettez-moi aux arrêts si vous voulez, mais ça ne se fait pas. » Mais bon, ça aurait pu être différent...

— Comment ça ?

— Bah, imagine qu'il y a plus d'un siècle, comme ça se faisait dans tout l'Occident, nos ancêtres aient choisi la guerre plutôt que la paix, que nous nous battions depuis contre les Bernois ou les Zurichois, j'aurais peut-être torturé, moi aussi.

— Tu crois ?

— Oui, dans d'autres circonstances, peut-être que le cuisinier aurait torturé. Toi qui aimes tant les programmes d'intelligence artificielle, tu devrais y mettre des données sur qui torture dans quelles circonstances et voir le pourcentage, je serais curieux de savoir si certains hommes ne tortureraient jamais...

— Tous mauvais alors ?

— Mauvais... bons... selon les circonstances...

— Enfin... au Rwanda, les Tutsis n'ont pas coupé leurs voisins à la machette.

— Non, mais ils n'ont pas fait mieux.

— Tu dois être plus au fait des goulags staliniens que du génocide rwandais.

— Je crois avoir tout lu sur le sujet, j'ai failli y consacrer un livre... et puis j'ai découvert que, pendant le génocide, Kagame avait sous le pied la meilleure armée d'Afrique mais n'avait pas remué le petit doigt. Que ses guerres au Congo avaient fait autant de morts civils que le génocide. Que ses opposants se faisaient assassiner aux quatre coins de la planète... Tu vois, ce Kagame n'est peut-être pas plus vertueux que ton Himmler de La Haye... Ce qui est drôle, c'est que tu sois un des hommes les mieux informés au monde sur les massacres et que tu croies encore qu'il y a des bons et des méchants. Il n'y a que des méchants dans cette affaire...

— Tu mets les Français dans le lot ?
— Pas du tout.
— Ah bon ?! Ils ont soutenu, entraîné les Hutus, ils ont continué à leur fournir des armes en plein génocide !
— Je veux bien qu'il y ait eu quelques types du genre Mitterrand prêts à tout pour maintenir le prestige de sa fonction... Tu sais qu'il aurait dit : « Un génocide dans ces pays-là, ça ne compte pas »... Mais je crois que les dirigeants français n'ont simplement pas réalisé ce qu'il se passait, ils voyaient le FPR anglophone aligner les victoires, ils étaient aveuglés par la perte d'influence française dans cette partie de l'Afrique, ils ont fait ce que les Américains, les Anglais, les Russes, les Chinois, les Indiens font chaque matin, ils ont soutenu leurs alliés.
— Mais leurs alliés commettaient un génocide !
— Ça fait soixante-deux ans que je vis dans ce pays, je les connais un peu... Je pense que les ministres, les hauts fonctionnaires ne voyaient pas, ne réalisaient pas, n'avaient pas les outils

intellectuels pour comprendre qu'un génocide était en cours, ils devaient penser que c'était « un massacre de plus », « une guerre tribale de plus... ».

— Tu fais quoi des rapports montrant que les militaires français étaient au courant du génocide et continuaient à fournir des armes au pouvoir hutu ? Que l'opération Turquoise visait à sauver ce pouvoir ?

— Tu connais le voisin de ton père à la Bastide, le général Bernot ?

— Oui.

— C'était l'un des commandants de Turquoise. Je le connais depuis soixante-deux ans, nous passions nos vacances ensemble à la Bastide quand il était encore jeune officier à Saint-Cyr. Tu le vois se rendre complice d'un génocide ?

— Non, mais il a soutenu...

— Il a exécuté les ordres de Turquoise qui étaient : « Soutenez cette armée hutue qui est en train de se prendre la branlée du siècle et apportez un soutien humanitaire aux populations civiles. »

Voilà, c'est pour ça qu'il est si fier de son opération : il a l'impression d'avoir sauvé des gens, et il en a sauvé pas mal d'ailleurs.

— Tu ne vois aucune responsabilité de l'État français dans cette affaire ?

— Aucune. Ou si, depuis le temps, ils auraient dû faire leur examen de conscience, ils se seraient rendu compte qu'ils avaient été des idiots utiles. Mais comme ce n'est jamais facile de reconnaître son idiotie – surtout quand on est français ! –, ils claironnent depuis vingt-cinq ans qu'ils ont « tout bien fait ».

— Tu aurais dû l'écrire, ton livre…

— Le Rwanda rend fou, c'est pour ça que je ne l'ai pas écrit. Je ne voyais jamais la fin du mal, je me disais qu'à un moment, chez les Hutus, chez les Tutsis, il y aurait un sursaut, quelqu'un qui arrêterait les massacres, mais non, personne n'a dit stop et ça continue aujourd'hui : Kagame mène ses guerres, il entame sa vingt-cinquième année au pouvoir, les Hutus fourbissent leurs armes…

MAGNIFIQUE

De ce jour, Jérôme pensa qu'il ne savait rien de Magnifique, qu'il ne pouvait rien imaginer de son histoire.

En faisant demi-tour pour rejoindre l'hôpital, Jérôme se dit qu'il avait eu une vie heureuse avec Magnifique si ce n'étaient ces crises qui se reproduisaient selon un processus qui lui restait mystérieux.

Quand Magnifique sentait les souvenirs s'approcher, elle avait l'impression de glisser sur une paroi. Elle regardait Jérôme en espérant un sourire qui la rattraperait. Si, distrait ou préoccupé par son travail, il ne lui prêtait pas attention, elle se sentait tomber. Son corps se tendait. Elle chutait. Son visage se tordait. Jérôme le découvrait trop tard. Il tentait un « Que puis-je faire pour Mademoiselle ? » Sa gaieté forcée rendait Magnifique folle.

Elle hurlait : « Tu me fais chier avec ton sourire de merde. Tu t'es fait plaisir en ramenant une Noire. Dans ta famille de faux culs, ils vont au temple, toi, tu ramènes une Noire, t'es un faux cul comme eux. Tu me fais chier avec ton boulot de Suisse plein de fric qui se donne bonne conscience en allant aider les petits Africains, ça me fait gerber, tu me fais gerber. Tu crois que tu vas m'avoir avec ton sourire, tu t'en fous de moi, il n'y a que toi qui t'intéresse, c'est pour exister que tu m'écoutes, que tu écoutes tes collègues, tu t'en fous des enfants, tu t'en fous des autres, il n'y a que toi, toi et toi, et moi je suis l'alibi noir du directeur général pour qu'il devienne président. »

Jérôme avait alors l'impression que son ventre s'ouvrait. Son air piteux rendait Magnifique plus furieuse encore : « On dirait que tu vas chialer, il est là, le grand directeur général du CICR ? le futur président ? Je pensais que t'étais juste un faux cul, mais t'es une merde en plus, qu'est-ce qu'ils ont tous à te trouver si fort au CICR ? Ils sont cons eux aussi, tu me fais chier, tout me fait chier dans cette vie, cette vie de merde à s'occuper de la maison, des enfants, du bois, du jardin, à attendre que Monsieur daigne rentrer du bureau pour nous honorer de ses sourires. »

Magnifique passait ensuite ses journées dans le jardin. Jérôme attendait que ça passe. Il éprouvait alors une sorte de foi qui l'étonnait lui-même, une certitude qu'elle reviendrait vers lui. Et puis, après un jour, une semaine, un mois parfois, elle cessait de lui en vouloir, se remettait à rire à ses plaisanteries. Et ils redevenaient heureux. Jusqu'à la prochaine crise.

Une seule fois, cette croyance avait quitté Jérôme. Au moment où il s'y attendait le moins. Après le passage de Magnifique à la télévision.

Il était épuisé par les trajets entre Grindelwald et Genève. Il quittait le chalet très tôt, tenait tous ses rendez-vous et ses réunions d'affilée pour la retrouver au plus vite. Un soir, il n'avait pas vu Magnifique glisser. Il avait tenté un sourire idiot. La crise s'était déroulée comme à son habitude, mais Magnifique avait ajouté : « Tu dis que je suis la femme de ta vie et toutes ces conneries, mais ça n'existe pas l'amour, il y a juste la peur d'être seul… comme toi si je partais. Je vais partir, je me mettrai dans la maison du jardin, comme ça tu n'entendras pas quand je me ferai sauter. De toute façon, tu n'entends jamais rien. Pour une fois, ma beauté servira à quelque chose. »

Jérôme s'était imaginé dans le salon avec les enfants et Magnifique dans la maison de l'entrée avec un autre. Son sourire avait disparu de son visage. À sa grande surprise, et à celle de Magnifique, il s'était senti serein d'un coup. Il lui avait dit : « Si tu penses ce que tu viens de dire, pars. »

Il venait de découvrir que, depuis vingt-cinq ans, il avait peur que Magnifique l'abandonne. Dès qu'elle avait son air dur, il lui souriait pour l'amadouer. Et cette peur venait de disparaître. Si elle voulait coucher avec un autre à quelques mètres de lui, elle ne devait pas beaucoup l'aimer. Il avait pensé : « C'est peut-être l'oncle Simon qui a raison, nous nous illusionnons... Je n'ai peut-être jamais aimé Magnifique, c'est peut-être une construction très humaine, un connard de blanc riche qui croit tomber amoureux d'une noire pauvre... »

Magnifique était partie dans le garage. Tout lui avait paru simple d'un coup. Si elle vivait, c'était grâce à lui. S'il cessait de l'aimer, elle cesserait de vivre. Elle avait choisi la poutre du milieu. Elle avait hésité sur la couleur de la corde. Elle avait opté pour l'orange : « Ça ira bien sur ma peau noire. »

Jérôme expliquerait son geste aux enfants. Mais elle ne pensait pas aux enfants. Elle ne pensait qu'à lui, à son regard quand il lui avait dit : « Si tu penses ce que tu viens de dire, pars. » Pour la première fois depuis vingt-cinq ans, elle avait disparu de son regard. Même quand elle l'insultait, elle subsistait dans son regard.

Elle s'était installée dans la chambre du bas pour la nuit. Elle avait écrit : « Si tu me regardes une nouvelle fois comme ça, ça me tuera. » Ce n'était pas une menace en l'air. Si, quand il lirait le mot devant elle, elle ne réapparaissait pas dans son regard, il n'y aurait aucune raison de vivre. Bien sûr, les enfants, mais comment vivre avec les enfants si elle ne réussissait pas à respirer ?

Elle avait déposé le mot sur la table de la cuisine.

Le lendemain matin, quand Jérôme découvrit le mot, Magnifique versait le chocolat dans le bol d'Apollonia, Gloria beurrait sa tartine, Ève était déjà partie. Jérôme lut le mot. Magnifique fixait la poudre marron qui disparaissait dans le lait chaud comme un corps dans la neige. Jérôme leva les yeux sur Magnifique.

Les filles ne comprirent pas pourquoi leur mère se précipita dans les bras de leur père, pourquoi leurs parents ne leur répondaient pas, restaient enlacés sans parler, pourquoi elles avaient dû, ce matin-là, aller à pied toutes les deux seules à l'école.

En apercevant l'hôpital au loin, Jérôme se dit qu'il pouvait mourir, il avait eu tout ce dont un homme pouvait rêver, maintenant c'était du rab. C'était peut-être ça, une vie réussie, une vie où il n'y a que du rab. Il allait démissionner, reprendre le domaine de son oncle, il pourrait passer ses après-midis à caresser le dos de Magnifique mais, aussitôt, il pensa qu'il n'aurait plus de bureau où aller, plus personne pour l'écouter, que les journées seraient interminables et qu'il devait vraiment être élu président.

Quelques heures plus tôt, alors que l'anesthésie commençait à l'endormir, Magnifique avait pensé : « Vingt-huit ans, comme c'est passé vite. » Elle s'était dit qu'elle n'avait nulle peur de la suite, si elle vivait, elle continuerait comme avant, ses enfants auraient des enfants, elle s'en occuperait. Jérôme prendrait sa retraite, elle aurait plus de temps avec lui mais, le connaissant, il ne prendrait jamais sa retraite, il trouverait un moyen de devenir le président de je ne sais quelle organisation jusqu'à son dernier jour. Elle s'occuperait de ses arbres, de sa maison, elle continuerait à ne lire ni livre ni journal, sauf une fois par an le portrait de la Juste de Massongo dans *Le Temps*. Elle mourrait un jour, dans son lit, à l'hôpital à Genève ou à Grindelwald, et ce serait bien ainsi. Elle s'était dit qu'elle avait grossi, qu'elle était moins belle qu'à dix-sept ans, qu'elle vieillissait, qu'elle trouvait parfois qu'elle entendait mal, que sa vue n'était pas fameuse, qu'il faudrait peut-être porter des lunettes ou des lentilles, qu'elle n'y pouvait rien, que c'était sans importance, qu'elle avait eu l'amour de Jérôme, l'amour de ses enfants, et si ça se terminait pendant cette opération, ce n'était pas grave. Elle était un peu inquiète pour Gloria, si sensible, et pour Apollonia, qui n'avait que neuf ans, mais Jérôme s'occuperait d'elles. César et Ève étaient sortis d'affaire. Au début, Jérôme serait triste, mais il trouverait rapidement quelqu'un, elle se dit à cet instant qu'il était de ces êtres qui ont plus besoin d'aimer que d'être aimés. Elle se rappela son visage à l'hôpital du camp, heureux au-dessus de cette femme inconsciente qui n'avait jamais ouvert les yeux.

En se rapprochant de l'hôpital, Jérôme sentit un texte se déverser en lui, comme un poème sur sa rencontre avec Magnifique. Il le griffonna sur un morceau de papier.

Une infirmière changeait la perfusion de Magnifique quand il entra dans sa chambre.

— Vous êtes monsieur Auskl ?
— Pas du tout, je me présente à vous mais je suis venu incognito pour des raisons que vous allez immédiatement identifier, je suis Didier Sager, inspecteur en chef de la salubrité des hôpitaux cantonaux.

— Ah... je pourrais voir votre... carte ?
— Une carte ? mais vous n'y pensez pas, je suis incognito, je vous dis, je suis là pour un contrôle d'hygiène de cet hôpital à la suite d'une plainte d'une patiente ayant subi l'ablation d'un neurinome. Pourriez-vous m'indiquer la chambre d'un patient qui aurait subi le même type d'intervention ?

Magnifique se réveillait. Ses yeux étaient fermés, mais elle avait reconnu la voix de Jérôme. Elle se dit qu'elle était vivante, que le texte envoyé au notaire ne servirait à rien.

— Ça tombe bien, madame Auskl vient de subir cette opération, dit l'infirmière. Que voulez-vous inspecter ?
— Les toilettes.
— Ah... Madame Auskl vient de remonter de son opération, il ne faudrait pas faire de bruit.
— Comptez sur moi, dit Jérôme. Connaissez-vous le nombre de distributeurs de papier-toilette ?

— J'imagine un.
— Et de quel côté ?
— Droit, j'imagine...
— Vous imaginez ? Mais il ne s'agit pas d'imaginer, mademoiselle. Imaginez donc qu'il n'y ait qu'un support de papier-toilette à droite et que nous ayons là une personne avec le bras droit plâtré, comment fait-elle ?
— Je...
— Eh oui, vous ne savez pas, mais c'est justement l'article 6, alinéa 2 du règlement R 221 des hôpitaux cantonaux qui règle ce problème de façon définitive : « Il sera disposé dans chaque toilette, un distributeur de papier à droite et... » – j'insiste sur le « et » –, « ... à gauche de la cuvette ».

Les yeux de Magnifique étaient toujours fermés, mais Jérôme vit les coins de sa bouche remonter à la lisière du drap. Ses oreilles semblaient rire. Jérôme revit son premier sourire à l'hôpital du camp.

Il mit machinalement sa main dans sa poche. Il sentit le papier au bout de ses doigts. Il se dit que ce texte n'était rien devant ce sourire. Il le laisserait dans son pantalon. La prochaine machine à laver le transformerait en une petite boule de papier blanche :

Le camion des FPR s'est garé devant l'hôpital.
Tu étais inconsciente.
Deux soldats t'ont sortie de la cabine.
Ils t'ont mise sur un brancard.

Je me suis approché.
Je fixais ton long cou perdu dans un col de treillis.
Ils t'avaient mis un uniforme FPR.
Ta main gauche pendait du brancard.
Tes ongles effleuraient le sol.
J'ai eu peur que ta main se détache de ton poignet.
J'ai voulu m'approcher pour la remettre sur le brancard.
Ils t'ont emmenée.

MAGNIFIQUE

J'ai découvert le stylo que le lieutenant du FPR agitait devant mes yeux depuis ta descente du camion.
J'ai signé l'ordre d'admission.

Je me suis précipité dans la salle des urgences.
Tu étais sur un lit.
Une infirmière avait remis ta main sur ton ventre.
Ta longue main.
Calme.
Tes paupières closes.
Qui sursautaient à chaque souvenir.

Je passai la nuit à te regarder.
Je me souviendrai toute ma vie de cette nuit.
Notre première nuit.
Cette nuit où il n'y avait que toi.
Et tes paupières qui tremblaient.

Merci à

Isabelle Martin-Bouisset,
Stéphane Watelet,

Marc Masson,

Marie-Laetitia, Clémence, Hénya,
Anne-Sophie, Emmanuelle, Pascale,
Éric, Bertrand, Pascal, Balthazar,

Karim, Alexandre, Pierre, Anne.

JFVB

Création graphique et mise en page :
Olivier Tongio

Achevé d'imprimer en juillet 2023
par Normandie Roto Impression s.a.s.
N° impression : 2303107
Dépôt légal : juillet 2023

Imprimé en France